KB007839

헤르만 헤세, 가을

마인드큐브 책은 지은이와 만든이와 읽는이가 함께 이루는 정신의 공간입니다.

"더 높은 삶으로 들어가는 계절, 가을"

일러두기
이 번역서의 원문 중 산문들은 제목이 따로 없어서 역자가 내용을 고려하여 임의로
제목을 달았습니다.

헤르만 헤세, 가을

헤르만 헤세 지음 / 두행숙 옮김

Herbst

마인드큐브

지혜로운 눈으로 감사하며 바라보는 자에게 가을은 어디서나 아름답다

정경량/ 목원대 명예교수, 전 헤세도서관장, 전 한국헤세학회장

가을은 언제 우리에게 다가오는가? 한국인이 가장 사랑하는 외국 작가 헤르만 헤세에게 가을은 어떤 계절일까? 아침저녁으로 소슬한 바람이 불어 수풀에서 들리는 풀벌레들의 우는 소리가 유난히 깊어지고, 밝고 푸른 청명한 하늘을 보면 우리의 마음마저 하늘을 닮아 청랑(晴朗)해지는 가을. 단풍으로 곱게 물든 산들을 바라보거나 논밭에 오곡백과가 무르익는 걸 보면 우리의 마음마저 아름답고 풍성해지는 수확의 계절. 이윽고 나뭇잎들이 떨어져 길 가에 흩날리거나 추수가 끝나 황량해진 들판을 바라볼 때면, 어쩐지 스산한 마음이 되어 인생의 가을을 느끼거나 머지않아 다가올 추운 겨울과 죽음도 떠올리게 하는 가을.

여름(7월 2일)에 태어난 헤세는 태생적으로 여름을 무척 좋아했다. 그러기에 가을로 접어들어 찬란했던 여름의 태양과 따사로운 온기가 사라져가는 것을 느끼게 되면 헤세는 여름이 벌써 지나가고 있다는 아쉬움에 젖어들곤 했다. 여름철에 그가 즐기는 일들, 즉 호수에서 수영하고 풀밭에 눕는 일, 저녁에 보트를 타는 일, 정원에서 식사하는 일 등

이 끝나기 때문이다.

독일의 가을은 안개가 끼거나 비가 자주 내려 을씨년스러운 날들이 좀 많은 편이다. 그래서 정서적으로 예민하며 건강상으로도 밝고 따뜻한 기후가 필요한 헤세에게 가을은 썩 내키지 않는 계절이었다. 전쟁과 폭력을 거부하고 인류의 평화를 추구한 헤세는 1차 세계대전을 일으킨 조국 독일을 등지면서 스위스로 거처를 옮긴다. 헤세의 정치적 신념에 의한 일이었지만, 체질적으로도 늘 따뜻한 남쪽나라를 그리워한 헤세의 열망에 의한 것이기도 하다.

9월이 되어 가을이 오면 헤세는 덧없이 지나가는 세월의 무상함에 젖게 되어 「구월의 비가(悲歌)」를 읊조린다.

머지않아, 오늘은 여전히 생기 넘치고 바삭거리며
푸르렀던 것들은 모두
창백해지고 추위에 떨며 사라지고, 안개와
눈 속에서 죽어 가리라.

이처럼 가을이 되면 헤세에게는 "해마다 같은 노래의 가을, 늙어가야 하는 일이, 죽을 수밖에 없는 일이 반복된다!"

하지만 그러한 가을 속에서도 헤세는 "유혹적인 다채로운 가을의 생각들로 위로를 받는다. 순수하고 밝은 파란색에, 금빛처럼 명료한 하늘에 대한 생각, 은빛 같은 이른 아침 안개에 대한 생각, 붉은 사과와 황금빛 노란 호박에 대한 생각, 가을 색을 띤 숲들에 대한 생각"들…… 그리고는 이제 "과일 수확과 포도 수확을 하는 즐겁고 다채로운 날들이 그런 우울한 날들을 다시 몰아내고, 생각에 잠기고 따스한 수확과 휴식의 느낌으로 변하게 된다. 그리고는 이내 풍요롭고 그윽하게 빛나는 시월이 온다."

그러니 헤세에게 가을은 슬프면서도 아름답고, 고통스러우면서도 찬란한 계절이다. 그것은 결국 애처로우면서도 아름답고, 슬프면서도 행복한 우리의 인생 그 자체가 아니겠는가. 이 책에 실린 헤세의 주옥같은 가을 시편과 글에서 우리는 헤세 문학과 삶의 진수를 만나게 되리라.

세월이 흘러 나이가 든 헤세는 「이탈리아 쪽을 바라보며」 애틋한 인생의 가을을 이렇게 노래한다.

사랑과 고독,
사랑과 채워질 수 없는 그리움,
그것은 예술의 어머니이다.
내 인생의 가을인데도 그것은 여전히
내 손을 이끌어주고,
그것이 부르는 그리운 노래는
마법의 광채를 드리운다, 호수와 산맥 위에,
그리고 작별을 고하는 아름다운 세계 위에.

평생에 걸쳐 인생의 모든 계절을 노래해 온 헤세는 가을이 되면 유난히도 이렇듯 애틋한 인생의 아름다움과 그리움을 노래했다. 11월 늦가을이 되어 겨울의 문턱을 눈앞에 두게 되면, 헤세는 이제 우리 모두를 위하여 죽음을 넘어서는 초월적인 삶을 노래한다.

너 역시 죽는 것과 몸을 맡기는 것을 배우라.
죽음을 아는 것은 성스러운 지혜이니.
죽음을 준비하라—그러면 죽음에
끌려가도 너는 더 높은 삶으로 들어가리라!

헤세에게 노벨문학상을 안겨준 만년의 대작 『유리알 유희』에서 "세계의 깊이와 그 신비로움은 맑고 명료한 것 속에 있다"고 한 헤세. 그것은 바로 "밝고 투명한 푸른빛의 보석 같은 가을"을 두고 말한 게 아닐까. 『헤르만 헤세, 가을』과 더불어 헤세가 보고 듣고 느낀 그 가을을 우리 독자들이 함께 느끼기를 바라며 일독을 권한다.

<베르소 아라시오>

가을

Herbst

일찍 온 가을

벌써 시든 잎들의 냄새가 심하게 나고,
밀밭은 텅 비어 시선 둘 데가 없다.
우리는 알고 있다, 다시 한 번 폭풍우가 불면
우리의 지친 여름의 목덜미가 꺾이리라는 것을.
금작화의 깍지가 바스락거리며 터진다. 우리가
오늘 손에 쥐고 있다고 여기는 것들이 모두
갑자기 우리에게 전설처럼 멀어져 보이리니.
모든 꽃들은 기이하게 갈피를 못 잡고 있다.

깜짝 놀란 영혼 속에 불안스레 소원이 하나 자란다.
너무 생존에 집착하지 말고,
나무처럼 시들어가는 것을 체험하고,
그 영혼의 가을에도 기쁨과 색채가 있었으면 하는 소원
이.

여름이 가면 사라지는 것들

요즘 며칠 동안 답답한 더위에도 나는 종종 밖으로 나갔다. 이 아름다움이 얼마나 일시적이며, 그것이 얼마나 빨리 작별을 고하게 될지 나는 알고 있었다. 그 달콤한 성숙함이 얼마나 갑작스럽게 시들어 변해 버릴 수 있는지를 나는 너무나 잘 알고 있다. 나는 이 늦여름의 아름다움에 대해 너무나 이기적이고 탐욕적이다! 나는 모든 것을 보고 싶을 뿐 아니라, 모든 것을 느끼고, 모든 것의 냄새를 맡고 싶다. 이 충만한 여름이 나의 감각에 제공하는 모든 것을 맛보고 싶다.

나는, 갑작스러운 소유욕에 사로잡혀 휴식도 잊었다. 또 그것들을 다가오는 겨울날에도 보존하고, 심지어 나이가 들어서까지 지니고 가기를 원한다. 하지만 나는 다른 때는 별로 열정적으로 소유하고 싶은 마음이 없다. 나는 쉽게 소유욕을 버리고 그것에서 쉽게 벗어난다. 그러나 지금은 나 스스로 이따금 비웃었던 것들을 꽉 붙잡고 싶은 열정에 사로잡혀 괴로워한다. 정원에, 테라스 위에, 탑 위의 풍신기 아래에 나는 며칠, 몇 시간 동안이고 꼼짝 않고 앉아 있다.

　그러다가 돌연 몹시 부지런해졌다. 연필과 펜과 붓과 물감을 들고서 나는 화려하게 피었다가 사라져 가는 이런 저런 것들의 풍요로움을 내 곁에 남기려고 애쓰고 있다. 나는 정원의 계단 위의 서린 아침 그늘을 힘들여 스케치한다. 그리고 굵은 참등나무의 뱀같이 뒤얽힌 덩굴을 그리려 하고, 멀리 저녁 산들에 감도는 유리빛 같은 색채들을 베껴 그리려 애쓰고 있다. 그것들은 가는 숨결처럼, 보석들처럼 빛나고 있다. 그러고 난 후에 나는 피곤해져서 집으로 돌아온다. 너무나 피곤하다. 내가 모은 잎사귀들을 저녁에 내 서류철 안에 넣는다. 그러고 나면 그 모든 것들로부터 내가 기록하고 보존할 수 있는 것이 얼마나 적은지 보면서 서글퍼진다.

　이제 나는 저녁 식사를 한다. 약간 어스름한 방 안의 어둠 속에 앉아서 과일과 빵을 먹는다. 곧 일곱 시가 되기 전에 불을 켜야 할 것이다. 어떤 때는 좀 더 일찍 켜기도 한다. 이따금 어둠과 안개, 추위와 겨울에 익숙해질 것이다. 그리고 세계가 한때는 그처럼 찬란하게 빛나고 완벽한 모습을 띤 적이 있었다는 것을 더 이상 기억하지 못할 것이다. 식사 후에 나는 다른 생각을 떠올리기 위해서 약 십오 분 동안 책을 읽는다. 그러나 이 시간에는 특별히 고른 좋은 책만 읽는다. 방 안은 어두워지지만 밖에는 아직도 낮의 기운이 살아 있다. 나는 일어나서 정원 테라스로 나간다. 거기에서 벽돌로 지어지고 담쟁이덩굴이 자란 마메테의 흙벽들 너머로 카스타놀라, 간드리아 등을 바라본다. 살바토레 뒤쪽으로는 몬테게네로소 산이 불그스레하게 빛을 발하고 있다. 저녁 무렵의 이 행복한 광경을 바라보는 데는 약 십오 분이 걸린다. 나는 등의자에 앉아 있다. 온 몸이 피로하고, 눈도 피곤하다. 그러나 싫증이 나거나 마지못해서가 아니다. 감수성에 가득 차 휴식하면서 전혀 아무것도 생각하지 않는다.

아직도 햇볕이 따스한 정원 테라스 위에는 몇 송이 꽃들이 마지막 저녁 빛 속에 피어 있다. 잎사귀들은 희미하게 빛나고 있다. 서서히 졸음에 젖어 낮에 작별을 고한다. 어딘지 당황하고 이국적인 낯선 모습으로 거대한 사보텐 식물이 서 있다. 그것은 황금빛 가시를 띠고 뻣뻣하게 서 있다. 마치 홀로 스스로만을 위해서 피어 있는 듯하다. 나의 여자 친구가 나에게 그 동화 같은 식물을 선물했다. 그것은 나의 지붕 테라스에 영예로운 자리를 차지했다. 그 곁에는 산호층처럼 핀 복사꽃들이 미소 짓고 있다. 그것들은 자줏빛의 페튜니아 꽃의 꽃받침을 어둡게 가리고 있다. 그러나 패랭이꽃, 살갈퀴속, 과꽃, 산나

<밤의 정물>

리들은 이미 시들고 말았다. 꽃들은 몇 개의 화분과 상자
들 속에 밀착되게 심어져 있어서 잎이 검어지면 더욱 격
렬하게 빛을 발한다. 몇 분 동안 그것들은 마치 대성당
안의 스테인드글라스처럼 훨훨 불타오르는 듯한 빛을 발
한다.

그런 다음에 그것들은 서서히 시들어 간다. 한 번의 거
창한 죽음을 준비하려고 매일 천천히 작은 죽음을 겪는
것이다. 그것들로부터 눈에 띄지 않게 빛이 사라져 간다.
눈에 띄지 않게 녹색은 검은색으로 변하고, 경쾌한 붉은
색과 노란색은 퇴색하여 밤사이에 죽어 간다. 이따금 뒤
늦게 나비가 꽃들에게 날아오는 일도 있다. 나비는 꿈꾸
듯 날개를 파닥거리면서 열렬히 구혼한다. 그러다가 곧
그 짧고 매혹적인 밤은 사라진다. 어둠 속 저 너머에 서
있는 산들이 돌연 무거워 보인다.

아직 별 하나 보이지 않는 연녹색 하늘로부터 날갯짓
을 서두르며 박쥐들이 나타났다가 번개처럼 사라진다.
내 발 밑으로 보이는 골짜기 깊은 곳에 한 남자가 하얀
반소매 셔츠를 입고 풀이 무성한 초원으로 가서 풀을 벤
다. 마을 변두리의 어느 시골 별장으로부터 약간 졸린 듯
한 피아노 소리가 희미하게 들려온다.

나는 방으로 돌아와 불을 켠다. 거대한 그림자가 방 안

을 통해 날갯짓을 하며 들어온다. 커다란 밤 나방 한 마리가 나직하게 날갯짓을 하면서 녹색의 유리 꽃받침을 향해 불빛을 지나 날아든다. 그리고 밝은 불빛을 받으면서 녹색 유리 위에 내려앉는다. 길고 가는 날개를 접으면서 가는 솜털이 덮인 촉수를 부르르 떤다. 그 나방의 검고 작은 눈들은 젖은 역청 방울처럼 반짝거린다. 접은 날개 위에는 마치 대리석처럼 무수히 가지를 친 부드러운 무늬들이 서려 있다. 그 무늬 위에는 시들어 가는 잎사귀의 희미하고 갈라진, 둔탁한 색깔도 깃들여 있는 듯하고, 갈색과 회색, 모든 색들이 혼란스럽게 뒤섞여 있는 듯하다. 그리하여 마치 융단처럼 부드러운 음조를 띤다.

내가 만약 일본인이라면, 그 색채들과 그것들을 혼합하기 위한 많은 자세한 설명들을 선조들한테서 유산으로 물려받았을 것이다. 그러면 그것들에게 이름을 붙일 수 있었을 것이다. 그러나 그것만으로는 나는 별로 많은 일을 하지 못할 것이다. 스케치를 하고, 그림을 그리고, 생각에 잠기고, 글을 쓴다고 해서 많은 일을 하지는 못하는 것처럼 말이다. 나방의 날개 표면의 적갈색과 자주색, 회색, 그 표면에는 창조의 모든 비밀이 새겨져 있다. 온갖 마법과 온갖 저주와 수천의 얼굴을 가지고서 그 비밀은 우리를 바라보고 있다. 반짝 시선을 던졌다가 다시 꺼져

간다. 그것들 중 어느 것도 우리는 확실하게 붙잡을 수
없다.

(「여름과 가을 사이」 중에서, 1930년)

구월

(1927년)

정원은 슬퍼하고 있다.
차갑게 꽃잎 사이로 스미는 빗방울.
여름이 소리 없이 몸을 떨고 있다,
자신의 최후를 향해서.

금빛으로 단풍진 나뭇잎들이 하나씩 떨어진다,
키 큰 아카시아 나무 아래로.
여름은 놀란 듯 피로에 젖어 미소를 짓는다,
사그라져 가는 정원의 꿈속에서.

아직도 오랫동안 여름은 장미꽃들 곁에
머물면서, 안식을 그리워한다.
서서히 여름은 피로에 지쳐 커진
두 눈을 감는다.

구월의 비가(悲歌)

장엄하게 그 노래는
빗속 음울한 나무들 사이에서 읊조린다.
산등성이 숲 너머로 벌써 바람이
떨면서 갈색으로 불어온다.
벗들이여, 가을이 가까워져 벌써
숨어서 숲속을 기웃거리고 있다.
텅 빈 채 들판도 굳어져가니, 새들만이
찾아든다.
그러나 남쪽 비탈에서는 덩굴에 포도가
파랗게 익어가고,
은총 가득한 그 품속에 열정과 은밀한 위안을
숨기고 있다.
머지않아, 오늘은 여전히 생기 넘치고 바삭거리며
푸르렀던 것들은 모두
창백해지고 추위에 떨며 사라지고, 안개와
눈 속에서 죽어 가리라.
오직 몸을 덥히는 따뜻한 포도주와

식탁 위에서 미소 짓는 사과만이
햇살 내리쬐던 여름날들의 반짝임으로
붉게 달아오를 것이다.
그렇게 우리의 감각은 늙어가면서,
가기를 머뭇거리는 겨울에
따뜻하게 달아오르는 불꽃에 감사하며
추억의 포도주를 맛본다.
향연이며 벗들이며 흘러 사라져간 날들의
침묵하는 춤 사이로, 행복했던 그림자들이
가슴 속에 어른거린다.

내가 사랑했던 여름과 가을 사이의 날들

여름과 가을 사이의 이런 날들을 나는 어린 시절부터 특히 사랑했다. 자연의 부드러운 소리들을 모두 받아들일 수 있는 감수성이 나에게 되돌아온다. 온갖 색채들이 일시적으로 유희하는 것에 대해 호기심이 인다. 그래서 사소하게 벌어지는 작은 일들까지도 모두 사냥하듯이 귀를 기울이고 엿본다. 일찍 시드는 포도 잎이 햇빛 속에 몸을 돌리며 말라가는 모습도 보이고, 황금빛을 띤 작은 거미가 거미줄에 매달린 채 나무에서 살금살금 떨어져 내리는 모습도 보인다. 햇빛을 가득 쬐인 돌 위에 도마뱀이 솜털처럼 부드럽게 달라붙어 누워 쉬고 있다. 햇살을 만끽하려고 납작하게 몸을 붙이고 있다. 장미 가지에 붉은색이 바랜 꽃잎이 매달려 해체되어 가는 모습이 보인다. 이제는 짐에 불과한 그 꽃잎이 소리 없이 떨어져 버리고 나면, 짐을 던 가지가 조금 위로 튕겨 오르는 모습도 눈에 들어오리라.

이 모든 것들이 다시금 매우 소중한 것으로 내게 다가와 말을 건다. 그것은 예전에 내가 어린 소년이었을 때

느꼈던 것들이다. 오래 전에 사라져 간 수많은 여름의 영상들이 내 안에서 다시금 생생해지고 밝게 나타난다. 때로는 변덕스러운 내 기억 속에 반사되면서 숨을 쉰다. 나비 채를 들고 돌아다니던 소년 시절, 양철로 만든 식물 채집통, 부모님들과 함께했던 산책들, 내 여동생의 밀짚 모자 위에 꽂혀 있던 달구지 국화가 생각난다.

또 산 속을 포효하면서 흘러내리던 강물 속을 다리 위에서 내려다보면서 현기증을 느끼며 배회하던 시절. 뾰족하게 솟은 바위 절벽 위에 손에 닿지 않는 곳에 피어 흔들거리던 돌 패랭이꽃들. 이탈리아식 시골 별장들의 담장에 붙어 연한 분홍빛으로 피어 있던 협죽도 꽃. 독일 흑림 속의 높은 야생의 초원지대 위를 덮고 있던 푸른빛 아지랑이. 보덴 호숫가에 이어진 정원 담장들. 감미롭게 찰랑이는 호수의 표면에 매달린 듯 연이어 피어 있는 꽃들. 부서진 거울 같은 수면 위로 비치는 과꽃과 수국, 제라늄 꽃들.

그 영상들은 다양하다. 그러나 그 모든 영상들에 공통된 것이 있다. 증기를 뿜어내는 열기, 무르익은 향기, 정오 같은 느낌, 뭔가 기다리는 것, 복숭아에 붙은 부드러운 솜털, 최고의 성숙한 아름다운 여인들이 지닌 반쯤은 의식적인 우울함.

이제 마을과 주위의 풍경을 지나가게 되면, 작열하듯 피어 있는 니겔라 꽃들 사이로 농가들이 보인다. 그 정원 안에 푸르고 붉은 자줏빛 과꽃들이 피어 있다. 그리고 산호충처럼 핀 복사꽃들 밑에는 붉고 감미로운 꽃잎들이 가득 떨어져 있다. 많은 잎사귀들 위에는 벌써 초가을의 빛깔이 서려 있다. 금속처럼 어두운 청동 빛이 희미하게 반짝인다. 아직도 절반쯤 녹색인 포도나무에는 첫 열매들이 파랗게 매달려 있다. 그중 많은 열매들은 이미 짙은 푸른색을 띠고 있어서 시험 삼아 먹어보면 달콤한 맛이 난다. 숲 속 여기저기에는 고상한 청록색 아카시아 나무의 시들어 버린 가지 위에 어린 황금빛 작은 반점들이 마치 호각의 신호처럼 밝고 순수한 여운을 띤다. 너도밤나무들에서는 철 이르게 여기저기 녹색 가시가 달린 열매들이 떨어진다.

그 질긴 녹색 껍질은 가시가 돋쳐 까기 힘들다. 그 가시들은 연해 보이면서도 순식간에 살 속으로 파고 들어온다. 작고 거친 그 열매는 자신의 생명이 위협받는 것을 격렬하게 방어하는 것이다. 껍질을 까보면, 절반쯤 익은 개암나무 열매처럼 견실하지만 맛은 그보다 훨씬 더 쓰다.

「여름과 가을 사이」 중에서, 1930년

가을의 시작

가을이 하얀 안개를 흩뿌린다.
늘 여름일 수만은 없는 것!
밤은 램프의 불빛으로
나를 유혹하면서
추위를 피해 일찍 귀가하도록 한다.

머지않아 나무도 헐벗고 정원도 텅 비겠지.
그 때가 되면 야생의 포도송이만이 여전히
집 주위에서 작렬하다가, 머지않아
그 빛도 역시 바래겠지.
늘 여름일 수는 없으니!

유년 시절에 나를 기쁘게 했던 것은
그 옛날의 즐거웠던 빛을 더 이상
간직하지 못하고,
나를 더 이상 즐겁게 해주지도 못한다.
늘 여름일 수는 없으니!

아, 사랑이여, 경이롭던 열정이여,
수년간 쾌락과 노력으로
내 피 속에 늘 타올랐던 것이여,
오, 사랑이여, 그대 역시 꺼져가려는가?

가을의 시작

창문 앞에 비가 내리는 서늘하고 어두운 밤에 끊임없이 나직한 빗방울 소리의 리듬 소리가 지붕 위에서 들려오는 동안, 나는 불만스러운 마음을 유혹적인 다채로운 가을의 생각들로 위로한다. 순수하고 밝은 파란색에, 금빛처럼 명료한 하늘에 대한 생각, 은빛 같은 이른 아침 안개에 대한 생각, 붉은 사과와 황금빛 노란 호박에 대한 생각, 가을 색을 띤 숲들에 대한 생각, 헌당식이 있는 축일(祝日)과 포도 축제에 대한 생각들이다. 나는 뫼리케*의 시집을 가져와 그의 부드럽고 빛나는 시 「가을 아침」을 읽는다.

안개 속에 세상은 놓여 있고,
숲과 초원은 아직도 꿈을 꾼다.
머지않아 너는, 베일이 벗겨지면

---

* 에두아르트 뫼리케(Eduard Mörike, 1804~1875): 독일의 시인으로 낭만주의와 사실주의를 거치면서 아름다운 서정시들을 많이 썼다. 「가을 아침」은 1838년작.

파란 하늘이 꾸밈없이 드러나고,
힘찬 가을에 안개 서린 세계가
따사로운 황금빛 속에서 흐르는 것을 보리라.

　나직하게 이 대가의 시 구절을 읊으면서 나는 그것이 내 안으로 서서히, 오래된 맑은 포도주처럼 흘러들게 한다. 그 구절은 아름답고 기분이 좋아진다. 그리고 거기에 묘사된 가을은 어딘지 아름답고, 감미롭고, 만족스러운 것이지만— 나는 그것이 기쁘지 않다. 가을은 내가 결코 기뻐할 수 없는 유일한 계절이다.

　하지만 가을은 벌써 와 있다. 더 이상 여름이 아니다. 들판은 비어 있고, 초원 위에는 서늘하고 가벼운 금속 같은 향기가 감돌고 있다. 밤은 이미 서늘해졌고 아침에는 안개가 낀다. 그리고 어제 나는 멋지고 즐거운 산행을 나갔다가 가파른 초원의 비탈에서 가을의 첫 상사화*들이 연한 색으로 피어 있는 것을 발견했다. 그것들을 보고 난 후로 나의 여름에 대한 자만심은 깨졌다. 나에게는 일 년 중 가장 아름다웠던 것이 다시 한 번 자나가고 만 것

---

* 가을의 상사화(相思花): 이 꽃은 독일어로 '헤르프스트차이트로제(Herbstzeitlose)'라고 부르는데, 흥미롭게도 '가을의 시간을 초월한 꽃'이라는 뜻을 담고 있다.

이다. [……] 지나갔다, 지나가 버렸다! 며칠 서늘한 밤이 지나고, 며칠 비가 내리고, 며칠간 아침에 안개가 끼더니 갑자기 땅에 가을 색깔이 서렸다. 공기는 더 텁텁하고 투명해졌으며, 하늘의 파란색은 더 밝아졌다. 헐벗은 들판 위로 새떼들이 재잘거리며 지나가면서 철 이동을 준비하고 있다. 아침이면 습기 찬 풀밭에 첫 익은 과일들이 떨어져 있고, 가지들은 늦은 계절의 작은 거미들이 쳐놓은 섬세하게 반짝이는 거미줄들로 덮여 있다. 얼마 안 있으면 호수에서 수영하고 풀밭에 눕는 일도 끝날 것이다. 그리고 저녁에 보트를 타는 일, 정원에서 식사하는 일, 숲의 아침과 호숫가의 저녁도 그렇게 되리라! 밖에서는 줄기차게 비가 내리고, 밤새 서늘하고 달갑지 않은 비가 기세를 꺾지 않고 내릴 것이다. 해다가 같은 노래의 가을이, 늙어가야 하는 일이, 죽을 수밖에 없는 일이 반복된다! 불쾌한 기분으로 입가에 저주를 퍼부으면서 나는 창문을 닫고, 담배를 한 개비 문 채 몸을 떨면서 방안을 이리저리 오간다.

해 마다 이때가 되면 그렇듯이 다시금 나에게는 유혹하듯 여행 계획이 떠오른다. 더 따뜻한 나라들이 있고, 기차가 있고 배가 있는데, 어찌 이 가을을 벗어나 겨울을 단축하지 않을 이유가 있을까? 생각에 잠기다가 나는 지구본과 이탈리아 지도를 가져와서 가르다 호*와 리베리아 해, 나폴리, 코르시카 섬, 시칠리아 섬을 찾아본다. 거기에서 성탄절까지의 시간을 보낼 수 있겠지! 푸른 바닷가에 있는 햇볕이 내리쬐는 암벽 해안길들, 남이탈리아의 해안을 달리는 증기선과 어선 위에서 보내는 온화한 시간들, 첫 피어난 야자나무 우듬지, 깊은 정오의 푸르름 속에서의 휴식. 늘 가을을 피해 몇 마일 떨어진 남쪽으로 가서 한 겨울 햇볕에 몸을 그을린 후에 고향의 아늑한 난롯가로 돌아오는 일도 나쁘지는 않으리라. 지도의 저 아래쪽에는 비록 내가 아직 모르지만 아늑하게 즐길 수 있는 날들을 약속해주는 멋진 이름을 가진 아름다운 도시와 마을들이 가득하다. 그리고 지구본에서 측정해보니, 그 모든 여정은 놀랍도록 규모가 작고 소박하다. 아마도 나는 따뜻한 곳을 따라서 아프리카에 가서 체류할 수도 있을 것이다. 콘스탄티네나 비스크라*에서 낙타여행을 시도해보고, 흑인음악을 듣고, 터키 식 커피를 마시고, 베두인들과 아랍 여인들의 의상에서 흘러내리는 옷 주름을

---

* 가르다 호(Gardasee): 이탈리아에서 가장 큰 호수로, 북쪽의 밀라노와 베니스 사이에 위치하고 있다.
* 콘스탄티네(Constantine), 비스크라(Biskra): 아프리카 알제리의 사하라 사막 북단에 위치한 도시들의 이름이다.

<몬티, 마돈나 델 사소>

감상할 수도 있지 않을까?

하릴없는 저녁을 그러한 계획으로 채우고 있자니 얼마나 멋진가! 지도 한 장, 오래된 기차 시간표 몇 장 그리고 연필 한 자루— 그런 것으로 시간을 때우고, 걱정거리를 잊고, 순전히 매력적인 상상을 하는 것으로 채울 수 있으니 말이다!

해마다 이때가 되면 그렇듯이 나는 지도를 더듬어 따듯하고 멋진 장소들을 찾아보고, 배의 노선과 차편의 비용을 따져본다. 그리고 매번 그렇듯이 나는 여행을 떠나지 않고 그냥 여기에 머문다. 나를 주저하게 만드는 것은 이상한 수치심이다. 여기서 아름다운 날들을 즐기고 난 후에 거친 날들을 피해 달아나려 하는 것이 내게는 어쩐지 부당해 보인다. 몇 달 동안의 따스함과 색채, 넘쳐나는 즐거움과 아름다움 그리고 강한 인상들이 있고 난 다음에는 피로해져서 서늘함과 휴식 그리고 제한을 바라는 것은 어쩌면 단지 자연의 합법적인 요구일지도 모른다. 어쨌든 일 년 내내 여름이 아닌 바에야 그것을 부득이한 경우가 아니면 인위적으로 요구해서도 안 될 것이다.

결정을 내리지 못해 불만스러운 며칠이 지나갔지만, 이런 심사숙고가 힘을 얻어서 가을이 나에게 좋아지기 시작했다. 내게 그토록 사랑스럽고 고마워할 게 많은 것들과 작별을 해야 하는데 나는 어찌 떠날 생각을 했던가. 마지막으로 맛보는 정원일의 즐거움, 초원에 핀 마지막 꽃들, 내 집 지붕 밑에 둥지를 틀었던 제비들, 살찐 몸으로 마지막으로 땅 위를 붕붕 날아다니는 나비들. 다시금 그것들을 하나하나 주목하면서, 그것이 그 종(種)의 마지막 하나가 되지 않을까 두려워한다. 세상과 나를 유일하게 이어주는 우리네 작은 구식 증기선들도 머지않아 희귀해질 것이다. 시월이 되면 하루에 한 척씩만 오고, 깊은 겨울이 되면 그것마저도 이따금 오지 않을 것이다. 제비와 들꽃, 나비와 증기선, 그 모든 것들은 나에게는 다정하고 올 여름 내내 많은 즐거움을 가져다준 것들이었다. 그것들이 사라지기 전에 나는 그 모든 것들을 아직 좀 더 간직하고 한 번 더 제대로 내 것으로 만들고 싶다. 나는 얼마나 어리석었던가. 그 모든 것에도 불구하고 얼마나 많은 여름을 나는 집에서, 책상 앞에 앉아서 보냈던가. 얼마나 많은 저녁과 이른 아침을 나는 흘려보냈던가! 즐기지 못하고 흘려보낸, 이제는 다른 어떤 날들보다 더 아름답고 값져 보이는 너희 날들이여, 잘 가라!

작별을 하고 나면, 그 위로 반갑지 않은 가을이 가져온 또 새로운 것이 영예를 차지한다. 은빛 안개의 베일, 나뭇잎에 서린 갈색과 미소 짓는 붉은 색들, 익어가는 포도송이, 가득 찬 과일 바구니들, 집안에 켜진 등물 밑에서 시작되는 저녁 담소. 멀리서 이상야릇하게 요동치며 굉장한 폭풍이 불어올 때면, 호수와 대기에 그 소리가 울려 퍼지고 침묵했던 모든 창조물들이 소리를 내는 날들. 이제는 오전만 되면 태양과 안개의 유희하는 듯한 다툼이, 우울하게 이리저리 밀치며 싸우다가 빛이 의기양양하게 이기는 것이 또한 경건한 일상적 즐거움이 된다. 그리고 시월과 포도 따는 시기가 오면 우리는 그날 하루 한 푼도 아끼지 않고 새로 술을 담은 커다란 단지를 놓고 감사하면서, 쇠약해져 사라져가는 한 해가 우리에게 가져다 준 과분한 기쁨과 바라지 않았는데도 발견한 즐거움을 생각하고 싶다.

(1905년)

구월
(1907년)

도처에 가을이 되려 한다.
과꽃과 달리아가
정원에서 기쁨 표정으로 피어나지만,
비밀스런 고통을 간직하고 있다.

저녁 산들은 이제 파란 띠로 이어져
금빛과 붉은 빛을 내며 꿈을 꾼다,
마치 주위의 드넓은 땅 위에
순수한 광채와 기쁨이 감도는 듯이.

나의 꿈들도 치장을 하고,
다정한 청춘의 음률을 읊으며,
화환을 두르고 고향으로 떠나면서
고요히 장엄하게 바라본다.

그래도 나의 깊은 마음속에서는 알고 있다,

내 인생의 태양이 비치던 시절은
다시금 떨어져 나가
오늘, 그리고 내일은 이미 사라지리라는 것을.

구월의 정오

푸른 날이 머물러 있다,
한 시간 동안 휴식의 절정 위에.
그 빛은 모든 사물을 감싸고 있다.
꿈속에서 보일 듯한 모습으로.
그림자 없이 세계는
푸른빛과 황금빛 속에서 고요히 흔들리고,
순수한 향기와 무르익은 평화로움 속에 잠겨 있다.
— 만약 이 모습 위로 그림자가 드리워진다면! —

네가 그 생각을 하자마자,
황금빛 시간은
그 가벼운 꿈에서 깨어나고,
더 고요히 미소 짓는 동안, 돌고 있는 태양은
더 창백해지고 더 서늘해진다.

보석 같은 가을날 아침

이런 가을날 아침은 마치 보석과 같아서, 너무나도 밝고 투명하며 부드러운 푸른빛을 띠고 있습니다! 튀빙겐*에 서 나는 이 시기에는 가능하면 자주 말을 타고 나갔었지요. 여기서는 그럴 수 없지만, 그래도 못지않게 아름답습니다. 전나무 숲은 흑갈색으로 향기를 풍기며 온갖 가을 색들로 반짝이는 덤불들에 싸여 있지요. 거기에다 근처에서 강물이 쏴쏴 흘러가는 소리가 들립니다. 오직 나 자신만을 위해 가지는 이 고요하고 맑은 아침 시간을 나는 매일 아침, 다정한 선물처럼 즐기고 있습니다. 당신도 여기에 있었더라면, 우리는 지금 함께 정원을 지나 산을 향해서 숲 가장자리를 지나가고 있을 겁니다. 거기서는 골짜기 전체가 내려다보인답니다.

정말 — 당신도 여기에 있었더라면요!

「한 통의 서신 교환」 중에서, 1907년

---

* 튀빙겐(Tübingen): 독일 남부 바덴뷔르템베르크 주 중부의 네카 강 상류에 있는 도시.

안개 낀 아침은 다시 시작되고

　안개 끼는 아침이 이제 다시 시작되었으니, 벌써 구월 초이다. 아직도 한여름의 찬란한 푸른색과 적갈색의 기억이 상큼하게 기억에 남아 있어서, 그런 날들이 처음에는 두렵고, 우울하고 슬픈 기분을 갖게 하였다. 그런 날들은 차갑고 둔탁하며, 기쁨도 없고, 때 이르게 가을이 되어, 방안의 따스함, 등불의 빛, 어스름한 불꽃이 어리는 난로 곁의 의자, 구운 사과와 물레 같이 처음에는 반쯤 달갑지 않고 반쯤 그리운 생각들을 일깨운다. 그런 것들은 매년 너무 일찍 찾아와서 가을의 공포가 되지만, 그러고 나면 과일 수확과 포도 수확을 하는 즐겁고 다채로운 날들이 그런 우울한 날들을 다시 몰아내고, 생각에 잠기고 따스한 수확과 휴식의 느낌으로 변하게 된다.
　이제는 벌써 다시 호수의 안개에 익숙해져서, 오전에는 태양을 보지 못하는 것을 당연한 일로 받아들인다. 그리고 안목이 있으면 이런 잿빛의 오전 시간들이 펼치는 섬세하고 베일에 싸인 듯한 빛의 유희에 주목하고 감사하면서 즐긴다. 그것은 금속과 유리를 연상시키는 호수

41

의 색채, 그리고 종잡을 수 없이 원근의 시야를 속이는 듯하며 종종 기적이나 동화, 환상적인 꿈처럼 작용한다.

호수 저편의 연안은 더 이상 보이지 않는다. 그것은 바다처럼 넓고 비현실적인 은빛으로 멀리 사라졌다. 그리고 호수 이편도 역시 아주 조금밖에 떨어지지 않는 곳도 윤곽과 색채만 보인다. 더 멀리 나가면 모든 것이 구름과 베일, 향기와 축축한 빛으로 용해되는 듯하다. 진지하게 홀로 서 있는, 아주 특색이 넘치는 포플러나무 우듬지가 안개 낀 대기 속에서 희미한 그림자 섬처럼 흐늘거리고, 수증기가 피어오르는 물 위로 믿기지 않을 정도의 높이를 유지하면서 작은 배들이 마치 유령처럼 지나간다. 그리고 보이지 않는 마을과 농가들에서는 둔탁한 소리들—종소리, 닭 우는 소리, 개 짓는 소리—이 마치 도달할 수 없는 먼 곳에서인 듯 축축한 한기를 타고 들려온다.

「보덴 호수에서의 가을 아침」 중에서, 1904년)

다채로운 잎들

아직도 나무 위는 황금빛으로 반짝이고,
아직도 초원은 녹색을 띠고 펼쳐져 있다.
아직도 여름 꽃들의 꿈은
완전히 사라지지 않았다.

다채로운 색으로 물든 가을 잎들 속에서는
거의 오월처럼 아직도 움직임이 일고 있지만
내일은 그 위로 눈보라가 쓸고 가면,
사라지리라, 사라지고 말리라!

풍요롭고 그윽하게 빛나는 시월의 하루

풍요롭고 그윽하게 빛나는 시월의 하루다. 언덕에는 포도밭들이 황금색으로 빛나고 있고, 숲은 낙엽들이 부드러운 갈색의 금속성 색채를 띠고 유희를 하고 있다. 농가의 정원들에서는 온갖 종류에다, 하얀색, 자주색 등 갖가지 색의 과꽃들이 소박하면서도 풍성하게 피어 있다. 마을들을 어슬렁어슬렁 거닐며 지나가는 일은 재미있었다. 나는 그 당시 나의 소중한 사람과 팔짱을 끼고서 잊지 못할 행복했던 며칠 동안 그렇게 했다.

어디서나 무르익은 포도송이와 어린 갓 빚은 포도주 냄새가 났다. 누구나 집밖에 앉아서 책을 읽거나 포도 짜는 일을 했다. 가파른 포도밭에서는 색색의 치마를 입은 여인들과 아가씨들이 희거나 붉은 머리 수건을 두르고 일하는 모습이 보였다. 노인들은 집 앞에 나와 앉아 햇볕을 쪼이면서 갈색으로 그을린 주름진 두 손을 맞잡고 비비면서 멋진 가을을 예찬하고 있었다.

물론 옛 시절에는 전혀 다른 가을도 있었다! 그런 것은 일흔 살 된 노인에게 들어보면 된다. 그들은 포도주가 아

<카사 로사 앞의 포도나무>

주 풍성하고 꿀처럼 달았던 환상적인, 오늘은 결코 더 이상 돌아오지 않는 시절에 대해 이야기하곤 하였다. 그 노인네들이 이야기를 하도록 내버려 두되 그 이야기의 절반은 빼어 버려야 한다. 우리도 언젠가 일흔 살이나 여든 살이 되면, 우리가 살아온 여러 해에 대해서 그런 식으로 이야기할 것이다. 우리는 그것을 도달할 수 없이 먼 곳에 있는 말할 수 없이 값진 황금처럼 바라보며 감사해 하고 우리가 나이든 것을 아쉬워하면서, 우리의 젊은 시절에 대한 온갖 향수를 우리의 그리운 추억과 섞어 가질 것이다.

(「비행사」 중에서, 1905년)

이탈리아 쪽을 바라보며

호수 너머, 장밋빛 산들 뒤에
이탈리아가, 내가 젊었을 때 동경했던 나라가,
내 꿈속에서 친숙했던 고향이 있다.
붉은 색 나무들이 가을을 이야기한다.
그리고 내 인생의 초가을에
나는 홀로 앉아,
아름다우면서도 두려운 세계의 눈을 들여다본다.
사랑의 색깔을 골라서 그것을 그린다,
자주 나를 속였지만
내가 늘 여전히 사랑하는 것을.
사랑과 고독,
사랑과 채워질 수 없는 그리움,
그것은 예술의 어머니이다.
내 인생의 가을인데도 그것은 여전히
내 손을 이끌어주고,
그것이 부르는 그리운 노래는
마법의 광채를 드리운다, 호수와 산맥 위에,

그리고 작별을 고하는 아름다운 세계 위에.

가을은 어디서나 아름답다

　가을은 어디서나 아름답다. 그리고 가을은 또한 어디서나 슬프고 괴롭다. 안개가 끼기 시작하거나 뒤늦게 몰아치는 몇 번의 뇌우가 여름을 마침내 종식시키고 나면, 우리 같이 나이 들어 더 이상 정정하지 못한 사람들에게는 발이 차갑고 팔다리가 저린 것, 그리고 다가올 춥고 암울한 몇 달 동안에 대한 두려움이 괴롭히는 순간이 온다.

　그래서 다른 계절보다는 여름과 겨울 사이, 구월과 시월 사이에 나는 더 쉽게 온천 여행을 떠날 결심을 한다. 그 때가 되면 나는 따뜻한 유황천과 다정한 풍경이 있고 좋은 의사와 오래되어 아늑하고 좋은 온천 호텔이 있는 조용하고 온화한 장소를 찾는다. 그런 장소가 내게는 리마트* 강변의 온천이다. 그 강변에 있는 모든 조용한 온천장들에서는 나 같은 부류의 사람들이 가을에 안전하게 머물 수 있다.

---

* 리마트(Limat) 강: 스위스 취리히 부근을 흐르는 강의 이름.

("당신이 가장 좋아하는 가을 휴가지는 어디입니까?"라는 설문에 대한 답
변.
〈노이에 취르허 차이퉁〉지, 날짜 미상)

색채의 마술

신의 숨결이 들락날락,
하늘 위에서, 하늘 아래서
빛이 수 천 번의 노래를 부르고,
신은 형형색색의 세계가 된다.

흰색이 검은색으로, 따뜻함이 차가움으로
언제나 새로이 끌려감을 느끼고,
영원히, 혼돈의 뒤얽힘 속에서
새로이 무지개가 선명하게 나타난다.

그렇게 우리의 영혼을 지나면서,
수천 번의 고통과 기쁨 속에서
신의 빛은 창조하고 행동한다.
그리고 우리는 그 신을 태양으로 찬양한다.

강의 수면은 푸른 색, 황금색, 하얀색으로 빛나고

강의 수면은 푸른색, 황금색, 하얀색으로 빛나고, 거리의 가로수길 위에는 거의 잎이 다 떨어진 단풍나무와 아카시아 나무들 사이로 온화한 시월의 햇살이 내리비치고 있었다. 드높은 하늘은 구름 한 점 없이 연한 파란색이었다. 어느 고요하고 맑고 온화한 가을날이었다. 그런 날에는 지나간 여름의 아름다웠던 모든 것들이 근심 없이 미소 짓는 추억처럼 온화한 대기를 채워주었고, 그런 날에는 어린아이들이 계절을 잊은 채 꽃들을 찾아나서야 한다고 생각했다. 그리고 그런 날에 나이든 사람들은 생각에 젖은 눈으로 창문이나 집 앞의 벤치에 앉아 허공을 쳐다보았다. 왜냐하면 그들에게는 그 해의 다정했던 기억들 뿐 아니라, 지나간 그들의 인생의 전부가 청명하고 푸른 하늘로 날아가 버리는 것처럼 보였기 때문이었다. 그러나 젊은이들은 기분이 좋아서 기질이나 기분에 따라 술의 제사, 희생제, 노래나 춤, 아니면 술잔치나 대단한 싸움질을 벌이면서 그 아름다운 날을 찬양했다. 어디에나 갓 구운 과일 케이크가 놓여 있고, 지하 창고에는 갓 발효한 사과주나 포도주가 있고, 주점 앞에서는 바이올린이나 하모니카가 축하 연주를 했다. 그리고 보리수가 서 있는 광장에서는 그 해의 마지막 아름다운 날들이 춤추며 사랑의 노래를 부르고, 사랑의 유희를 펼치라고 사람들을 불러들이고 있었다.

(『수레바퀴 아래서』 중에서, 1903년)

차갑고 그늘진 방에서 벗어난 한 시간

한 시간 동안 나는 집으로부터, 바닥에 큰 여행 가방이 놓여 있는 방으로부터 벗어났다. 가방의 4분의 3은 이미 책들, 글 쓴 것, 신발, 속옷, 서한들로 가득 차 있었다. 시절은 가을이었기 때문이다. 나는 매년 그렇듯이 겨울을 피해 달아나기 시작했지만, 따뜻한 태양이 있는 남쪽으로가 아니라 따뜻한 난로와 따뜻한 욕탕이 있는 북쪽으로 갔다. 거기에는 비록 안개와 눈, 그리고 다른 곤혹스런 것들이 있지만, 친분 있는 사람들, 모차르트와 슈베르트 공연 같은 다정한 것들도 있기 때문이다.

아, 가을이 왔으면서도 얼마나 빨리 지나갔는가! 금년에는 가을이 특이하게도 늦여름 같았고, 전혀 끝나갈 것 같지 않았다. 매일 같이 확실해 보이는 징후가 나타나기를, 즉 비나 바람, 안개를 기다렸지만, 날이 갈수록 호수 골짜기에서는 맑은 황금빛의 따스한 기운이 솟아올랐다. 다만 태양은 하루가 갈수록 조금씩 늦게 떠올랐고, 더 이상 여름의 태양이 솟아오르던 그 산 위로는 솟아오르지

54

는 않았다. 해 뜨는 지점은 코모 호* 지역으로 멀리 비껴 났다. 그러나 이 모든 것은 특별히 계산하고 관찰해야만 알아차릴 수 있는 것들이다. 가을날들 자체는 매일 해가 비치는 다른 날들과 같아서, 아침에는 강하게 햇볕이 내리쬐고, 정오에는 뜨겁고 타는 듯하며 저녁은 다채롭게 노을이 져간다. 그리고, 단 이틀 동안 아주 짧게 날씨가 바뀌더니 지금은 갑자기 가을이 슬그머니 다가왔다. 그래서 정오에는 아직 따뜻하고 저녁에는 황금빛으로 바뀐다. 그러나 이미 오래 전부터 더 이상 여름은 아니어서, 대기 속에 죽음과 이별이 느껴진다.

내일이면 몇 달 동안 여행을 떠날 생각이어서, 나는 작별을 겸해 숲속으로 들어가 어슬렁거리며 거닐었다. 멀리서 보면 이 숲은 아직도 진하게 녹음 진 것처럼 보이지만, 가까이서 보면 그것도 역시 나이가 들어서 죽음이 가까워진 것이 보인다. 너도밤나무 잎들은 메말라 바삭거리고 점차 노랗게 되어 가고 있다. 축축하고 서늘한 숲과 협곡들에서 아카시아 나무의 섬세하게 유희하는 듯한 잎들은 아직도 깊은 갈색을 띠고 바라보지만, 이미 어디에나 시든 나뭇가지들이 퍼져 있으며, 거기에 매달린 황금

---

* 코모(Como) 호(湖): 이탈리아 북부의 롬바르디아 주에 있는 경치가 아름다운 호수

빛 잎사귀들은 각자 희미하게 빛나면서 미풍이 불 때마다 떨어지기 시작한다.

여기 시든 잎들이 이미 떨어져 쌓인 구덩이에서, 비록 나무 우듬지들은 모두 아직도 환히 빛나고 있지만, 여기서 나는 지난봄, 부활절이 될 무렵 두 가지 색으로 꽃이 처음 피어난 폐장초와 넓은 면적에 피어난 야생 아네모네를 발견하였다. 당시 몹시 습한 약초 냄새가 났고, 나무들은 발효하는 듯 끓고, 이끼식물들에서는 물방울이 떨어지면서 발아하고 있었다! 그런데 지금은 모든 것이 메마르고 죽어서 굳어져 있다. 시들어 나무처럼 변한 풀과 시들어 말라버린 나무딸기 덩굴들. 바람이 일면 모든 것이 가냘프게 바삭거린다. 다만 아직도 도처의 나무 속에서 산쥐들이 소리를 낸다. 그것들도 겨울이 되면 잠잠할 것이다.

「가을―자연과 문학」 중에서, 1926년)

구월

호수와 습지 위에 비치는 부드러운 황금빛!
이 온화한 날들을
지혜로운 눈으로 감사하며 바라보는 자는
그것을 마음속에 간직할 수 있으리.

시월

떠들썩한 사람들은 축포를 터뜨리고,
그들의 포도 짜는 기계에는 포도즙이 넘쳐흐른다.
조용한 사람들은 그러나 위안삼아서,
떠들썩하지 않고 옛 술을 즐긴다.

십일월

슬픈 마음으로 바라보라, 숲속에
나뭇잎이 하나 둘씩 떨어지는 것을.
그대의 아내는 그대에게
장작과 석탄을 사오라고 일렀다.

한여름이 지나고 나면

한여름이 지나고 나면
울타리에 하얀 실바람이 불고,
길에는 두꺼운 먼지를 쓴 데이지가
갈색으로 변한 꽃잎을 지탱하며 지친 듯 서 있다.
들판에 마지막 낫질이 이어지면,
피로함과 죽음의 의지로
모든 것 위에 깊은 고요함이 덮치고,
자연도 역시 그토록 재촉하던 삶에서
더는 아무 일도 하지 않고 쉬며 순종하려 한다.

<책이 놓인 의자>

방안의 산책

　뜨겁게 작열하던 가장 아름답던 여름도 지나가버리고, 어느덧 갑자기 몸을 덜덜 떨면서 좀 놀란 몸으로 자기 집 방안에 들어 앉아 있게 되다니 참으로 이상하고도 신기한 일이다. 그리고는 바깥의 빗소리에 귀를 기울이고, 희미하고 차가우며 빛도 제대로 발산하지 않는 잿빛의 불빛으로 둘러 싸여 있으면서 그 모든 것을 다시 너무도 잘 깨닫게 되니 말이다. 얼마 전, 그러니까 어제 저녁만 해도 우리 주변에는 다른 세계와 다른 대기가 둘러싸고 있었다. 온화한 저녁구름이 떠 있는 들판 위로 따사로운 장미 빛이 흐르고 있었고, 초원과 포도밭 위로 여름의 노래가 나지막하게 흥얼거리고 있었다. ― 그런데 밤새 제대로 잠을 못 이루다 갑자기 깨어나, 잿빛으로 희미해진 날을 놀라 바라보면서, 창문 앞 나뭇잎들 위로 줄기차게 떨어지는 차가운 빗소리에 귀를 기울인다. 그리고는, 이제 그 계절은 지나갔다. 이제는 가을이고 얼마 안 있으면 겨울이라는 것을 알게 된다. 새로운 시기가, 새로운 삶이 시작된다. 방 안의 전등 불 밑에서 책과 함께 지내고, 때로는 음악을 듣는 생활이다. 물론 거기에도 아름답고 내밀함이 있지만, 다만 그런 생활로 넘어가는 것이 힘들고 재미가 없을 뿐이다. 그것은 추위에 떨고 슬픔과 내면의 거부가 이어지는 생활이다.

내 방은 갑자기 변했다. 몇 달 동안 그것은 조용히 작업하면서 시간을 보내기에는 쾌적한 피난처였다. 문과 창문을 열어 놓으면 그 사이로 바람과 나무들의 냄새, 그리고 달빛이 흘러들어오는 은신처였다. 이 방에서 나는 그저 조금 쉬면서 독서를 하는 손님이었을 뿐, 진짜 삶은 여기서가 아니라 바깥의 숲속에서, 호수에서, 푸르른 언덕에서 그림을 그리고, 산책하고, 배회하는 것이었다. 얇은 면 재킷을 걸치고 셔츠는 열어젖힌 가볍고 분방한 옷차림이었다. 그런데 지금은 갑자기 이 방이 중요해졌고 고향이 되었다. ― 아니면 피할 수 없이 머물러야 하는 감옥이 된 것인지도 모른다.

일단 계절의 이동이 끝나고 오래 타는 난로에 불을 붙이고 나면, 폐쇄된 채 방안의 삶을 이어가는데 순응하고 다시 거기에 익숙해지면, 그것도 다시 아주 멋진 생활이 될 수는 있다. 지금으로서는 그다지 멋지지 않다. 나는 이 창가 저 창가로 오가면서 산들이 (어제만 해도 그 위로 달이 비치던 청명한 밤이었는데) 구름에 싸여 있는 것을 본다. 그리고 차가운 비가 나뭇잎으로 떨어지는 소리를 들으면서 이리저리 서성거리며 몸을 떨고 있다. 그러면서도 내가 걸치고 있는 따뜻하고 두터운 옷들이 거추장스럽게 느껴진다. 아, 밤새 셔츠 소매를 걷어 올린 채 테라스에 나와 있거나, 아니면 숲속에서 달콤한 향기를 풍기던 나무 밑에 앉아 있던 시간은 어디로 갔을까!

이제는 다시 자기의 방안에 익숙해지고, 바깥의 구름과 비를 부차적인 것으로 여기고, 그 대신 방안의 일을 중요한 것으로 바라볼 때이다. 내일 나는 이 방을 난방해야겠다. 아니, 오늘 해야 될지도 모른다. 그러기 위해서는 거추장스럽고 지루하고 짜증나는 여러 도구들이 필요하다. 난로에 불을 지피는 일은 날씨를 너무 인정하는 것이 되고, 완전히 자제력을 잃고 너무 빨리 겨울이 왔다는 의미가 될 것이다. 아직은 그럴 때가 아니다. 나는 우선은 방안에서 이리저리 서성거리면서 두 손을 비벼대고 조금씩 체조 연습을 하는 것으로 보내려 한다. 그러고 난 후에 참, 생각나는데 예전에 겨울에 쓰던 작은 석유난로 하나와 녹슨 둥근 양철통이 하나 있다. 그것들을 찾아서 사용해야겠다. 쉬운 일은 아닐 것이다. 거기에는 그을어 말라버린 기름이 다닥다닥 붙어 있을 것이고, 그것을 조립해 석유를 채워서 넣어 얼마간 불을 지피기까지는 짜증스럽고 악취도 나며 손도 더러워질 것이다. 아무튼 내일 쯤, 아니 오늘이 가기 전이라도 추위가 느슨해지지 않으면 그렇게 해야겠지. 하지만 그런 일에 착수하기 전에 나는 차라리 한 동안 몸을 떨면서 방안을 이리저리 오가면서 창밖을 내다보다가 책들을 옮기기도 하고, 여름에 그린 내 수채화 화첩을 들춰보기도 한다. 그러면서 내가 지난 몇 달 동안 내 낡은 이 방을 사실 별로 관찰한 적도 없고, 그것이 어떤 모습인지 거의 잊고 지냈다는 것을 서서히 의식하게 된다. 이제 나는 이 방을 다시 바라본다. 다시 이 방에 익숙해지고 그것과 친해져야 한다.

여기서 한 동안 그냥 임시로만 지냈을 뿐 제대로 살지 않았었다는 것이 눈에 잘 보인다. 방안의 저 위 낡은 거울 위쪽에, 책장 위쪽 구석들에 시커먼 먼지로 뒤덮인 커다란 거미줄들이 매달려 있다. 이따금 그것들을 제거해야겠다. 책상과 의자들 위에도 먼지가 쌓여 있고, 어디에나 물건들이 널려 있다. 그것들은 언젠가 한 번쯤 치워지겠지만, 그러고 나면 다시는 치워지지 않을 것이다. 스케치와 삽화들을 넣은 화첩들이 널려 있고, 박스와 편지 묶음들이 널려 있다. 아교와 스케치용 잉크가 담긴 병들, 정착제가 담긴 병들, 빈 담뱃갑, 읽은 책들을 담아 놓고 잊어버린 박스들도 여기저기 놓여 있다. 이런 혼잡한 무

질서를 보고 난 후에야 나는 서서히 예전의 방의 모습을 다시 알아본다. 그리고 다시 의미 있고 의미가 있기를 바라는 오래된 물건들도.

두 개의 창문 사이 높고 어두운 곳에 옛날 이탈리아식으로 그린 작은 마돈나상이 걸려 있다. 내가 언젠가, 수년 전 브레스치아로 여행했을 때 어느 고물장수에게서 산 것이다. 내 삶이 수차 바뀐 가운데서도 오랫동안 나와 동행한 몇 안 되는 물건들 중 하나다. 이것들, 오래 된 책들과 커다란 책상은 내 살림살이로 오랫동안 간직해온 오래된 물건들이다. 다른 가구들은 주인집 여자의 소유이다. 그것들도 역시 십여 년이 지나면서 내게 친숙해졌으며, 그것들 역시 서서히 낡아진 것이 눈에 보인다. 책상 앞에 있는 작은 쿠션의자는 너무 오랫동안 앉아 닳아서 낡은 녹색 덮개 밑으로 두른 띠가 보이기 시작한다. 그리고 예쁘장한 소파도 조금 딱딱해지고 구멍이 생기기 시작했다. 벽에는 내가 그린 수채화들이 걸려 있고, 그 사이에는 엘그레코*의 그림, 젊은 날의 노발리스*의 아

---

* 엘 그레코(El Greco, 1541?~1614): 그리스 태생으로 17세기 르네상스 말기에 스페인에서 활동한 화가.

* 노발리스(Novalis, 1772~1801): 본명은 프리드리히 폰 하르덴베르크(Friedrich von Hardenberg)로 독일의 초기 낭만주의 시인이었다.

름다운 초상화, 그리고 열한 살 난 모차르트의 초상화가
걸려 있다. 서재의 등받이가 없는 의자 위에는 여송연이
담긴 커다란 상자가 놓여 있는데, 아직도 절반이 채워져
있다. 그것은 즉흥적으로 구입한 것인데, 나는 그냥 보관
하지 못하고 흡연에 빠져 들었다. 그리고 지금은 우편배
달부를 위해 사용하곤 한다. 때로는 갑자기 방문객이 찾
아 와서 그것을 한 개비 빼들고, 이야기를 나누는 동안
불을 붙였다가 눈에 안 띄게 재떨이에 버리기도 한다.

그러나 이 방안에는 좀더 마음에 드는 사랑스러운 물
건들도 있다. 세월이 가면서 수집한 갖가지 물건들인데
내게는 귀중한 것이 되었다. 천으로 만든 상상의 동물 하
나가 벽에 두른 주름 장식 위에 신비스럽게 놓여 있는데,
반은 노루, 반은 기린인 동물로 동화 속에서처럼 멍한 시
선으로 바라보고 있다. 그것은 여류화가 사샤의 작품이
다. 그녀는 수년 전 언젠가 스위스의 어느 도시에서 함께
소품들을 전시했는데, 그 전시회가 끝날 무렵까지 우리
두 사람 모두 아무 작품도 팔지 못하게 되자, 우리는 서
로의 작품을 하나씩 교환하기로 했다. 그녀는 나한테서
작은 그림을 하나 받았고, 나는 그녀에게서 호리호리하
고 얌전한 가젤인지 아니면 노루인지, 지금 부르는 이름

의 그 동물 작품을 받았다. 그것은 내게는 매우 사랑스러워서 수년 전부터는 집에서 말이나 개, 고양이를 대신해 유일하게 보존하고 있는 동물이다.

인도에서 가져 온 기념물도 있다. 현란한 색으로 칠한 작은 나무 신상 하나와, 노란 청동으로 만든 플롯을 연주하는 아주 작은 크리슈나 신상이 그것이다. 그 신상은 비가 내리는 겨울 저녁이면 종종 나에게 인도 음악을 들려주었고, 바깥 세계의 힘든 삶을 일시적인 현상 세계 이상으로 진지하게 여기지 않도록 도와주었다. 그 외에도 조금 숨어 있기는 하지만, 실론에서 가져온 특이한 작은 성물(聖物)도 하나 내 방에 있다. 아주 오래된 물건인데 역시 청동으로 만든 것이다. 그것은 수퇘지인데, 이 청동 수퇘지는 옛날 실론의 원시적인 사원에서 〈구약성서〉에서 희생양이 하던 것과 같은 역할을 했었다. 이 수퇘지 속에 일 년에 한 번씩 공동체가 지은 죄, 질병 그리고 악령들을 추방시킨 것이다. 그것은 많은 사람들의 저주를 몸 안에 받아들여 많은 사람들을 위해 희생되었다. 나는 그것을 바라볼 때면 인도와 오래된 의식은 별로 생각나지 않는다. 그것은 내게는 호기심을 불러일으키는 것이 아니라 하나의 상징이다. 우리 같이 특이한 사람들, 몇몇 예지자들, 광대들, 그리고 동시대인들이 춤추고 신문을 읽으며 지내는 동안 자기 영혼 속에 낙인이 찍혀 시대의 저주를 안고 사는 시인들에게는 형제와 같다. 그 수퇘지 역시 나에게는 소중한 물건인 것이다.

낡아 헤진 소파 위에는 많은 쿠션이 놓여 있는데, 그것들 중 하나도 나에게 소중한 것이다. 거기에는 검은 바탕에 밝은 색으로 그림이 수놓아져 있다. 화마를 뚫고 신이 내린 불의 심판을 피해 달아나는 타미노와 파미나의 모습을 새긴 것으로, 타미노는 호리한 몸을 바짝 추켜세운 채 입에는 마술피리를 물고 있다. 그것은 예전에 나를 사랑한 여자가 수놓은 것이다. 성스러운 상징을 수놓은 그녀의 멋진 쿠션이 내게 간직되어 많은 의미를 지니고 있듯이, 그녀 역시 내게서 받은 어떤 작은 소유물이 그녀의 마음속에 간직되어 있기를 바란다!

근래에 내가 소유하게 된 물건들 중에서 특히 소중하게 여기는 것은 옛날의 성배 모양으로 만들어진 아름다운 유리 꽃병으로, 내 여자 친구가 선물한 것이다. 속이 투명하게 보이는 이 꽃병에는 대개 꽃을 몇 송이 꽂아둔다. 백일홍이나 카네이션, 또는 조그맣고 귀여운 들꽃들이다. 내가 그 꽃병을 처음 보고 선물 받았을 때는 그 안에 연푸른색의 참제비고깔이 한 묶음 꽂혀 있었다. 그 파란 꽃이 하얀 유리 병 안에 마치 지상의 꽃이 아닌 듯 투명하게 꽂혀 있었던 것이 나는 아직도 기억에 남아 있다. 당시는 아주 햇빛 찬란하던 여름이어서 저녁이면 아직 시들지 않은 포도밭 근처 숲을 따라서 거닐곤 했는데, 여름 하늘이 마치 참제비고깔처럼 우리의 머리 위에 드리워져 있었다.

날씨가 춥고 비는 점점 더 내리고 있다. 꽃 속에, 파란 포도송이 속에, 퇴색한 숲속에 비가 내리고 있다. 나는 다락방으로 올라가 석유난로를 찾아내어, 그 역겨운 작은 물건 앞에 무릎을 꿇고 다시 불을 피워 온기를 내도록 작동시켜야 한다. 작은 꽃병은 비어 있다. 아, 언젠가 그 안에 꽂혀 있던 꽃들은 얼마나 푸르고 여름처럼 싱싱했던가!

(1928년)

클링조어*가 가을의 숲에서 취하도록 마시다

밤이 되면 취해서 나는 바람 부는 숲속에 앉아 있다.
노래하는 나뭇가지에는 가을빛이 완연하고,
투덜거리며 술집 주인은 술 창고로 달려간다,
내 빈 잔을 채우기 위해서.

내일이면, 내일이면 창백한 죽음이
그 쟁그랑거리는 낫으로 내 상기된 몸을 찌르리라.
이미 오래전부터 그것이 노리고 있음을
나는 안다, 그 잔인한 적을.

그 죽음을 조롱하려고 나는 밤새 노래한다.
고단해진 숲속에서 나의 취한 노래를 흥얼거린다.
그것의 위협을 비웃는 것이

---

* 클링조어(Klingsor): 이 이름은 중세 독일 작가인 볼프람 폰 에센바하가 지은
『파르치팔(Parzival)』이라는 작품에 등장하는 막강한 힘을 지닌 마술사이기도
하고, 독일 낭만주의 시인 노발리스의 작품 「푸른꽃(Blaue Blume)」에 나오는
예술적인 인물을 가리키기도 한다. 헤세는 이 이름을 사랑하여 자신의 여러 작
품에 등장시켰다.

내 노래의, 내 취함의 의미이다.

한 일도 많고 겪은 고통도 많은 나는 먼 길을 가는 나그
네,
이제 나는 저녁에 앉아 마시며 불안하게 기다린다.
번쩍이는 낫이
경련하는 심장에서 내 머리를 떼어 놓을 때를.

<호수 위의 마을>

바람 부는 불안한 날

비추나우에서, 1900년 9월 8일

불안하게 바람이 부는 날로 햇빛은 살짝 스쳐가는 정도이다. 나는 차를 타고 부오츠* 건너편의 뷔르겐슈톡 산*으로 갔다. 건너 연안에서는 서늘한 호수가 기이한 색깔들로 무수히 섬세하고 희미하게 반짝거리고 있었다. 마치 번쩍거리는 강철이 식어가는 것처럼 적청색과 적갈색, 노란색과 흰색으로 빛나고 있었다.

뷔르겐슈톡 산으로 절반쯤 올라갔을 때 소떼들의 방울 소리가 아래로 들려왔다. 창백한 하늘 아래로 물결처럼 멋진 초원이 밝은 녹색으로 펼쳐져 있어, 저 형언할 수 없이 슬프고 차가운 가을 분위기를 자아내고 있었다. 그런 모양이 생겨나는 것은 전혀 볼 수 없지만, 매년 어느 순간에 갑자기 그런 모습으로 떠 있는 것이 보인다. 그것은 우리에게 죽은 사랑하는 사람의 이름을 회상하게 만

---

* 부오츠(Buochs): 스위스 중부의 도시 이름.
* 뷔르겐슈톡(Bürgenstock): 스위스 중부에 있는 산의 이름.

들고, 거대한 변화에 대해, 우리가 세우는 기반의 불확실성에 대해, 우리가 아무 소용도 없이 힘들게 갔던 무수한 길들에 대해 회상하게 만든다.

나는 부오츠 호수에서 물결의 조화를 바라보려고, 몇몇 색채의 혼합, 몇몇 빛의 분산, 몇몇 은빛 색조의 영상에 대한 내 기억을 더 풍성하게 하려고 배를 노 저어 나아갔다. 서늘하고 흥겹고 유연하게 귀로는 음운을 들고 입가에는 시구를 읊으면서. 나에게는 아직 낯선 몇몇 길 위에서 약간의 새로운 유희를 하면서 아름다움을 관찰하기 위해 노를 저어갔다. 그리고 올해에 이 가을 초원지대를 찾는 일을, 올해에 처음으로 이 거부할 수 없이 부드러우면서도 슬픈 전령을 찾아내는 일을 끝냈다.

나는 몸을 돌려 움직이는 맑은 호숫물에 오랫동안 시선을 멈췄다. 브룬넨 산 맞은편 허공을 관찰하고 오버바우엔산 암벽에 햇살이 몇 가닥 비치는 것을 보았다. 그러나 내 생각은 그 햇살이 끊임없이 유연하게 파고 드는 것을 마냥 쫓지는 못했다. 그저 내 눈만이 그 창백한 금색으로 반사되는 빛이 떨리다 사라지는 것을 보고 있었고, 내 생각은 그것과 함께 하지 않았다. 내 생각은 내 뒤에, 경사가 심한 숲 너머 저 연녹색의 초원 위에 머물고 있었다. ─ 가을이었다!

나는 제대로 길을 가고 있는지, 쉬지 않고 걸어가는 내 걸음이 나를 내 별에 가까이 가게 해줄지 아니면 더 멀어지게 할지, 그 길이 이 가을과 이 슬픔으로 더 이상 동요되지 않는 정신적인 고양 상태로 나를 이끌 수 있을지 생각에 잠겼다.

여기서 생각에 잠기다가 한 순간, 만약 내게 힘이 있었다면 나의 모든 외적인 삶에 대해 베일을 드리우고 기쁨과 사랑, 슬픔, 향수, 추억의 모든 끈을 끊어버렸을 텐데, 라는 생각을 했다. 높은 산꼭대기에서 짧게나마 조용히 숨을 돌리는 절정의 순간이었다. 내 뒤로는 모든 인간적인 모든 관계들이 남아 있고, 내 앞에는 절대적인 것, 비(非)개인적인 것의 아름다움이 가볍고 서늘하게 펼쳐져 있었다. 한 순간, 호흡을 가다듬었다!

종소리가 아래로 들려왔다. 나는 눈은 감고 높은 곳에서 아래로 아래로 내려갔다. 몸뚱이처럼 무거운 슬픔이 나를 짓눌렀다. 나는 벗어나고 싶었고, 내 생각은 잘못 다뤄진 벌집처럼 다시 한 번 저항했으나 굴복하고 말았다. 그러자 저 무겁고 지친 슬픔이 나를 엄습하고 더욱 깊은 곳으로 나를 내리누르면서, 모든 별들을 사라지게 하고 나를 괴롭혔으며, 잔인한 승리자의 비굴한 승리를 구가하였다.

가렸던 장막이 갑자기 벗겨진 것처럼, 나의 첫 추억들을 담은 밝은 정원이 내 눈 앞에 뚜렷하게 가까이 드러났다. 그리고 나의 부모님, 나의 어린 시절, 내가 처음 사랑을 하던 시절, 나의 청춘 시절의 우정들도 나타났다. 이 우울한 시간에 그 모든 것들은 아주 슬프고 낯설면서도 아름다운 언어로 말하고 있었고 몹시 향수에 젖게 했다. 그들은 우리가 눈물이 마르지 않고 선행으로 되갚아주지 못한 죽은 자들의 행렬처럼 심각하게 질문을 던져 왔다. 내가 그들을 물리치자 그들은 갔다. 죽어버린 현재를 뒤에 남긴 채.

부담스럽고 마음을 나약하게 하는 가을의 느낌과 동시에 한 가지 고통스러운 작별의 기분이 내 안에서 솟구쳤다. 나는 얼마 안 되지만 자유롭고 고독하게 휴식을 취했던 날들을 뒤로 하고 도시와 다시금 상처를 줄 삶이 나를 기다리고 있는 게 보였다. 수많은 사람들, 수많은 책들, 무수히 필요한 거짓과 자기기만 그리고 시간 죽이는 일이 기다리고 있음이. 그러자 갑자기 내 청춘시절 전부가 고통스러운 삶의 기쁨으로 내 안에서 타올랐다. 나는 배의 노에 몸을 기대 거대한 해안 이리저리로 노를 저어가다 뷔르겐슈톡 산의 돌출지역을 돌아서 초원이 있는 곳 베기스*로 되돌아갔다. 어쩔 수 없이 몸이 피로해졌는

데도 나는 만족스럽지 않았고, 내 삶의 기쁨, 모든 자유와 힘을 단 한 시간 동안에 갑작스럽게 비웃으면서 망치려는 불쾌함이 집요하게 절망적으로 나를 에워쌌다. 호수는 내게는 너무 좁고, 산은 너무 잿빛이고, 하늘은 너무 낮게 드리워져 있었다. 베기스에서 나는 목욕을 한 뒤 호수에서 수영을 하면서 두 팔로 심호흡을 하고 물속으로 뛰어 들었다. 피로해지자 나는 물 위에 등을 대고 누워 아주 천천히 헤엄치면서 기대에 찬 눈으로 하늘을 바라보았으나, 만족하지 못하고 싫증이 났다. 나는 내가 갈망한 대로 내 삶을 충만하게 즐긴다는 느낌을 위해서 살았어야 했던 것일까.

나는 헤엄쳐 되돌아가 가을과 작별하고 내면의 불확실성에 대해 먹먹한 슬픔을 느끼면서 다시 배에 올라탔다.

그 이후로 나는 좀더 침착해졌다. 내 원칙이 승리를 거두어서 이제 나쁜 날씨를 즐기는 데도 익숙해진 것처럼 이 슬픔과 희망 없음도 즐기고 있다. 그 슬픔은 그 자체의 감미로움을 지니고 있다. 그 슬픔과 담화를 나누면서 나는 악사가 어두운 단조(短調)의 분위기로 하프를 연주하듯 그 슬픔을 연주한다. 매일 그날그날에 맞는 특유의

---

* 베기스(Weggis): 스위스 중부 뷔르겐슈톡 산 건너편 루체른 호수가에 있는 마을.

색깔과, 운이 좋다면 거기에 맞는 노래 한 곡조 외에 근본적으로 무엇을 더 나는 바라겠는가?

「헤르만 라우셔의 유작(遺作)과 시」 중에서, 1900년)

폭풍 속의 이삭

아, 시커멓게 몰아치는 폭풍이여!
우리는 불안하게 고개를 숙이고 그 무서운
위력에 깊이 몸을 웅크린 채,
밤새 몸을 떨며 깨어 있다.

내일 우리가 아직도 살아 있다면,
아, 하늘에는 날이 새고,
따스한 대기와 가축 떼 소리의
다정한 파문이 우리의 머리 위로 스쳐가려나!

폭풍

폭풍이 인 하늘에는 갈기갈기 흩어진 회색과 자색의 구름 띠들이 흘러가고 있었다. 다음날 오전 내가 조금 늦은 시각에 계속 여행을 떠나려 했을 때는 격렬한 바람이 나를 맞이했다. 얼마 안 지나서 나는 언덕 꼭대기에 이르렀고, 발아래 해안에는 작은 도시와 성(城), 교회, 그리고 작은 항구가 비좁게 마치 장난감들처럼 모여 있는 것이 보였다. 예전에 내가 여기 머물렀던 때에 있었던 우스꽝스런 이야기들이 생각나면서 나를 웃게 만들었다. 나한테는 그게 필요했다. 왜냐하면 내 방랑의 목적지에 더 가까워질수록, 고백하고 싶지는 않지만 내 마음이 점점 더 불안하고 답답해졌기 때문이다.

서늘하게 스쳐가는 대기 속을 뚫고 걸어가니 상쾌했다. 나는 맹렬하게 부는 바람소리에 귀 기울이며 앞으로 걸어 나갔고, 산마루로 오르는 길에 이르니 풍광이 더 장엄하게 계속 펼쳐지자 기뻐서 흥분되었다. 북동쪽에서부터 하늘이 밝아왔다. 그 건너편으로는 시야가 훤히 트였고, 길게 이어진 푸르스름한 산맥이 당당하고 질서 있게 늘어서 있는 것이 보였다.

내가 높이 오를수록 바람은 더 세어졌다. 한숨을 내쉬는 듯, 웃음을 터뜨리는 듯 바람은 물씬 가을 분위기를 풍기면서, 엄청난 열정을 암시하는 듯이 노래했다. 그 열정에 비하면 우리네 것은 어린이 장난에 불과했다. 그 바람은 내 귓가에 마치 오래 된 신들의 이름처럼, 일찍이 들어 본 적이 없는 근원적인 세계의 언어를 속삭여주었다. 그것은 하늘에 온통 어지럽게 흘러가던 구름 조각들을 평행한 선들로 모아지게 만들었다. 선으로 이어진 구름들은 어딘지 억지로 묶인 듯이 듯 보였고, 그 아래로 산들이 구부리고 서 있는 것처럼 보였다.

세차게 부는 바람 속에서 드넓게 펼쳐진 산악지대를 바라보고 있으니 나의 조금 답답하고 불안했던 느낌은 사라졌다. 내 젊은 시절과 재회하면서 조금은 불확실한 흥분에 사로잡혔지만, 그런 것은 나아가는 길과 날씨가 나에게 생생함을 더해 주자 더 이상 별로 중요하거나 심각한 것이 되지 못했다.

정오가 지나고 얼마 안 되어서 나는 오르막길의 정상에 도착해 쉬고 있었다. 내 시선은 어마어마하게 드넓게 펼쳐진 땅 위를 탐색하듯 훑으면서 당황했다. 거기에는 푸른 산들이 이어져 있고, 좀더 떨어진 곳에는 푸른 숲이 있는 산들과 노란 암벽들, 수천 개의 언덕들이 펼쳐져 있었다. 그 뒤로 가파른 뾰족한 돌들과 눈들이 피라밋처럼 쌓인 창백한 모습의 산들이 버티고 있었다. 발아래에는 커다란 호수의 전체 면적이 드러나 하얀 물결이 거품을 이루는 가운데 바다처럼 파란 색을 띠고 있었다. 그 위로 두 척의 범선이 마치 미끄러지듯 제각기 빠르게 지나가고 있었다. 푸른빛과 갈색빛을 띤 해안에는 노랗게 작열하는 포도밭들과, 형형색색의 숲들, 하얀 시골길들, 과일나무 아래 펼쳐진 농촌 마을들, 좀더 민숭민숭한 어촌들, 밝거나 어두운 도시들이 모습이 드러났다. 그 모든 것 위로 갈색 구름들이 스쳐가고, 그 사이로 드문드문 아주 명료한 녹청색과 오팔 색을 띤 빛나는 하늘이 펼쳐지고, 모여 있는 구름들 위로 햇살이 부챗살 모양으로 내리비쳤다. 모든 것이 움직이고 있었다. 늘어선 산들도 흘러가는 듯 했고, 불규칙하게 빛나는 알프스 정상들도 가파르게 부단히 튀어 오르는 듯 했다.

폭풍이 일고 구름이 흐르는 대로 내 느낌과 갈망도 드넓은 곳으로 격렬하게 열병처럼 날아가다가 먼 곳에 있는 눈더미를 끌어안기도 하고, 연녹색의 호수 연안에서 쉬기도 하였다. 오래된 방랑벽이 유혹하듯 내 영혼 위로 구름의 그림자처럼 다채롭게 바뀌며 스쳐 지나갔다. 놓

쳐버린 것에 대한 슬픈 감정, 짧은 인생과 충만한 세계, 머물 고향이 없는 것과 고향에 대한 갈망이 공간과 시간이 완전히 해체되어 흘러가는 듯한 느낌과 계속 교차하고 있었다. 서서히 그 파도는 가라앉아 더 이상 노래하지도 않고 파문도 일지 않았다. 그리고 내 마음은 고요해져서, 마치 아주 높이 날고 있는 새처럼 움직이지 않고 쉬고 있었다.

그때 나는 다시 미소를 띠고 따스함을 되찾으면서, 친숙해진 인근의 굽은 거리들, 숲의 정상 그리고 교회의 탑들을 바라보았다. 나의 아름답던 소년시절의 그 마을이 변함없이 옛날의 시선으로 나를 바라보고 있었다. 마치 군인이 자신의 지도 위에서 그 당시 수행했던 원정(遠征)의 흔적을 찾아 감격하고 안도감에 몸이 상기되듯이, 나도 가을의 풍경 속에서 저질렀던 수많은 어리석은 일들의 이야기와 언젠가 있었지만 거의 전설처럼 빛이 바랜 사랑의 이야기를 읽고 있었다.

(「가을의 도보 여행」 중에서, 1906년)

<황금빛의 시월>

흩날리는 잎

내 앞에서 흩날린다,
시든 잎 하나가.
방랑과 젊음, 그리고 사랑하는 일은
그 시기와 끝이 있다.

잎은 궤도도 없이
바람 부는 대로 날아가다가,
숲과 습지에서 비로소 멈춘다.
나의 여행은 어디로 가고 있는가?

가을 냄새

다시 여름이 우리를 떠나,
어느 늦폭풍우 속에서 죽어갔다.
비는 참을성 있게 쏴아쏴아 내리고, 젖은
숲에서는 불안하고 씁쓸한 향기가 난다.

가을의 상사화가 풀밭에 파리하게 굳어 있고,
버섯은 밀치락거리듯 무성하게 피어 있다.
어제만 해도 헤아릴 수 없이 드넓고 환하던
우리의 골짜기는 가려지고 비좁아진다.

빛에 등을 돌린 이 세계는
좁아져 불안하고 씁쓸한 향기가 난다.
우리는 채비를 한다, 여름이 꾸는
생명의 꿈을 끝내는 늦폭풍우에 대비하여!

기쁨을 주는 것의 냄새

아, 기쁨을 주는 뭔가의 냄새가 난다. 축축하고 두툼하고 기름진, 조금 탁한 냄새가 버섯 같은 느낌이 든다. 여기서는 별로 자주 발견되지 않는 슈타인필츠*이다. 테신 사람들도 슈타인필츠를 아주 즐겨 먹어서 (리소토에서는 그 맛이 아주 좋다) 그것을 열심히 찾아 나서기 때문이다. 방금 나는 한 사람을 만났는데, 그는 마치 사냥꾼처럼 긴장해 숨어 엿보듯이 나를 스쳐 잡목 속으로 들어가더니, 손에 가볍고 가는 나뭇가지를 한 개 들고 뭔가 있음직한 장소마다 마른 잎들을 옆으로 헤쳐 대는 것이었다. 그러나 여기서도 그 사람은 머리가 단단하고 굵은 멋진 슈타인필츠는 발견하지 못했다. 그것은 내 것이 되었다. 오늘 저녁에 나는 그것을 먹으리라.

「가을─자연과 문학」 중에서, 1926년)

---

* 슈타인필츠(Steinpilz): 독일어로 '돌같은 버섯'이라는 뜻으로, 육질이 다부지고 단단한 식용 버섯을 가리킴.

다시 기억에 떠오른 찬란한 가을날

다흐텔바우어의 황조롱이가 덤불에서 나와 날아가던 그 찬란했던 가을날이 다시 내 기억에 떠올랐다. 그 새는 잘렸던 날개가 다시 자라자 발목에 채워졌던 놋쇠 사슬을 비벼 떨쳐내고서 좁고 어두운 헛간을 떠난 것이다. 이제 그 매는 집 건너편 사과나무 위에 가만히 앉아 있었고, 열댓 명의 사람들이 길가에 서서 그 위를 쳐다보면서 이런 저런 제안을 하면서 떠들어댔다. 우리 사내아이들, 특히 브로지와 나는 다른 사람들과 함께 거기 서서, 조용히 앉아 영리한 날카로운 눈으로 아래를 응시하고 있는 그 새를 바라보면서 기분이 이상하고 불안해졌다.

"저건 다시 돌아오지 않아."라고 누가 소리쳤다. 그러나 하인인 고트로프가 말했다.

"날 수 있다면 날겠지. 그러면 곧 산과 골짜기 너머로 날아갈 걸."

그 매는 나뭇가지를 발톱으로 꽉 잡은 채 놓지 않고 여러 차례 그 큰 날개를 움직여 보았다. 우리는 몹시 흥분했으며, 나 자신도 그 새를 잡으면 더 기쁠지 아니면 그

것이 날아가 버리면 더 기쁠지 알지 못했다. 마침내 고트로프가 사다리를 하나 갖다 놓았고 다흐텔바우어가 직접 그것을 타고 올라가 자기 매를 잡으려고 손을 뻗쳤다. 그러자 새는 나뭇가지를 놓더니 날개를 세차게 퍼덕거리기 시작했다. 그때 우리 소년들은 너무나 가슴이 쿵쿵 뛰어 거의 숨을 쉴 수가 없었다. 우리는 매혹된 채 그 날개를 퍼덕이는 아름다운 새를 보고 있었다. 그러자, 다음 순간 그 매가 몇 번 세차게 날갯짓을 해보더니, 자기가 날 수 있다는 것을 안 듯이 천천히 솟구쳐 커다란 원을 그리면서 점점 더 높이 허공으로 올라가는 멋진 광경이 펼쳐졌다. 그러더니 결국 한 마리 야생 종달새처럼 작아져서 반짝이는 하늘 속으로 조용히 사라지는 것이었다. 그러나 우리는 다른 사람들이 모두 다 자리를 뜬 후에도 그냥 그 자리에 서서 머리를 계속 위로 쳐든 채 하늘을 샅샅이 훑어보고 있었다. 그러자 브로지가 갑자기 허공에 대고 몹시 기쁜 듯이 그 새를 향해 소리를 질렀다.

"날아라, 날아가라, 너. 이제 너는 다시 자유로워졌어."

「유년 시절」 중에서, 1903년)

가을
(1919년)

너희 덤불 속의 새들아,
너희들의 노래가 갈색으로 물든
숲을 따라 살랑거리는구나.
새들아, 서둘러라.

머지않아 바람이 불어오고,
머지않아 죽음이 다가와 수확하리다.
머지않아 회색 유령이 와서 웃으면
우리들은 심장이 얼어붙고,
정원도 모두 그 화사함을,
생명도 모두 그 빛을 잃으리라.

잎새에 깃든 다정한 새들아,
사랑하는 형제들아,
함께 노래하며 즐거워하자.
머지않아 우리들은 먼지가 되리니.

이별이고, 가을이었다

이별이었다. 가을이었다. 여름 장미가 그렇게 무르익어
풍만한 향기를 풍기는 것도 운명이었다.

(『황야의 이리』 중에서, 1927년)

가을비

나는 사랑한다, 바깥에 비가
흠뻑 젖은 나무 위로 세차게 내리는 것을,
바람이 헐벗은 가을의 정원을
세차게 때리며 지나가는 것을.

나는 사랑한다, 힘든 밤에
어두운 세계 위로
검은 밤의 여신의 오른 손에
꿈의 풍요로운 뿔*이 쥐어져 있는 것을.

나직하게 떨리는 노래가
아주 먼 미래의 일에 대한
수줍은 기도처럼
내 영혼을 스쳐 지나가는 것을.

---

* 풍요로운 뿔: 고대 그리스 신화에서 요정 아말테아(Amalthea)가 들고 다니던
  뿔로, 부(富)와 축복을 부어주는 상징물이었다.

그때 일상이
우울한 근심거리를 가져와도,
나는 그것을 참고 극복하리라.
그리고 자유로이 승리자가 되리라.

몹시 세찬 비가 내린 날

엄청나게 비가 내리고 있다. 건너편 추녀의 물받이가 막혀버린 같다. 저쪽 상당히 높은 데서는 쉴 새 없이 작은 물줄기가 포도 위로 계속해서 떨어지고 있다. 우리는 어렸을 때 그렇게 지붕에서 물이 떨어질 때면 어머니나 숙모의 우산을 들고 나가서 시험 삼아 밑에 대보곤 하였다. 금지된 것이었지만 멋진 장난이었다.

더 좋은 날씨라면 참새와 되새에게 먹이를 줄 이 시간에, 창가에 기대어 나는 하늘에서 끊임없이 물줄기가 쏟아지는 것을 바라본다. 생각에 잠긴다. 만약 지금 이렇게 계속해서 비가 내린다면, 오늘도, 내일도, 모레도 내리고, 며칠, 몇 주, 몇 달 동안 계속 내린다면 – 대체 어찌 될까? 그러면 거리에는 쾌적한 정적이 감돌고, 자동차들도 자취를 감추고, 선로에는 비 웅덩이들이 두드러기처럼 생겨나 생명에 위협을 줄 것이다. 그러면 점차 기차도 통행을 멈추고, 우편도 배달이 중단되겠지. 선로들도 빗물에 넘치고, 대다수 터널들도 물에 잠겨 무너져 내릴 테니까. 그러면 결국 바닷물도 불어나리라. 서서히 불어나다가, 해안에서부터 육지를 잠겨갈 것이다. 분명 몇몇 어촌은 타격을 입을 테고, 파란 수면 위로 잿빛을 띠고 바람에 살랑이며 고개를 숙이고 있는 몇몇 고상한 올리브나무들도 그럴 것이다. 비가 엄청 내리는 일요일에 나는 그렇게 하릴없이 생각에 잠긴다. 바닷물이 몇 미터만 더 불어난다면, 세상에 소음을 가져오고 평화를 깨뜨리는 모든 것이 싹 쓸려가 물속에 잠겨버리겠지. 온 세계의 도시들은 바다 수면 위로 겨우 몇 미터 더 높이 올라가 있다. 그러니 만약 이십 년 동안 계속 비가 내려서 쥐라 산맥과 슈바르츠발트* 혹은 알프스 산맥마저 물에 잠긴다면, 뉴욕, 런던, 베를린 따위가 물에 잠기는 데는 훨씬 덜 시간이 들 것이다. 그러면 얼마나 안타까운 일이 될지는 생각할 수도 없다. 그러나, 비가 내리는 날에 이러한 생각의 유희에 빠지는 것은 이상하게도 만족스러운 일이다.

「비가 너무 내린 일요일」 중에서, 1928년)

---

* 슈바르츠발트: 독일 남부의 흑림(黑林) 지대를 일컬음.

가을에 내리는 비

오, 비여, 가을에 내리는 비여,
잿빛으로 베일 덮인 산이여,
지쳐 가라앉은 늦은 잎을 단 나무들이여!
물기 서린 창 안으로
허약해진 한 해가 이별을 겨워하며 들여다본다.
떨면서 젖은 외투를 걸치고
너는 밖으로 나간다. 숲가에서
빛바랜 잎들 사이로
두꺼비와 도롱뇽이 취한 듯 비틀비틀 걸어 나오고,
길을 따라 아래로,
끊임없이 냇물이 졸졸 흘러내려,
무화과나무 곁의 풀밭에
참을성 있는 연못들 속에 머문다.
그리고 골짜기의 교회 종탑에서
주저하듯 지친 종소리가
마을에서 죽어 묻은 사람을 위해
뚝뚝 울려 떨어진다.

하지만 그대, 사랑하는 이여,
땅에 묻은 이웃 사람이나,
여름의 행복이나,
젊은 날의 축제를 오래 아쉬워하지 마라!
모든 것이 경건한 추억 속에 지속되고,
말로, 그림으로, 사랑으로 보존되며,
새로이 더 고귀한 옷을 입고
다시 돌아올 때의 축제를 영원히 준비하리라.
그대는 지키도록, 변하도록 도와주어라.
그러면 믿음 깊은 기쁨의 꽃이
그대의 마음속에 피어나리니.

테신의 가을날

어떤 해에는 우리 테신의 여름은 작별을 결심하도록 허락하지 않는다. 보통 무덥고 뇌우가 치곤 하는 해의 여름에는, 종종 팔월 말이나 구월 초에 갑자기 며칠 동안 구름을 가르며 거친 뇌우가 미쳐 날뛴다. 그러다가 문득 그치면서 기운 없이 당황한 모습으로 잦아들곤 한다. 그러나 최근 몇 년 동안은 수주일 동안 뇌우도 치지 않고, 비도 오지 않고, 평화롭게 조용히 지속되고 있다. 슈티프터의 '늦여름'*이 온통 푸른빛과 황금빛을 띠고, 아주 평화롭고 온화하게 이어지고 있다. 다만 이따금 남풍이 그 고요함을 깬다. 그것은 하루나 이틀 동안 불며 나무들을 흔들어 놓고, 밤나무에서 초록빛 가시껍질에 싸인 밤송이들을 일찍 떨어뜨리며, 푸른빛을 좀더 푸르게, 산들의 밝고 따뜻한 보랏빛을 좀더 밝게, 유리처럼 투명한 대기를 한층 더 맑게 만든다. 몇 주일에 걸쳐서 서서히, 서서

---

* 아달베르트 슈티프터(Adalbert Stifter, 1805~1868): 오스트리아의 사실주의 작가로 그가 10년에 걸쳐 쓴 교양소설 『늦여름』(1857)은 한 청년의 영혼이 발전해 가는 과정을 묘사한 자전적인 작품이다.

히 잎새들이 물들고, 포도는 노란색, 갈색, 또는 보라색으로, 벚나무는 진홍색으로, 뽕나무는 황금색으로 변한다. 그리고 수많은 아카시아 나무의 검푸른 잎들에는 일찍 노랗게 물든 타원형 이파리들이 흩뿌려진 별 떨기처럼 반짝이고 있다.

여러 해, 그러니까 십이 년 동안 나는 나그네로서, 조용한 관찰자로서, 화가로서 이 늦여름과 가을을 여기에서 겪었다. 그리고 포도 따기가 시작되어 황갈색 포도 잎들과 검푸른 포도송이들 사이로 여인들의 붉은 머릿수건이 어른거리고 젊은이들이 내지르는 환호성이 울려 퍼질 때면, 또는 바람이 잔잔하고 약간 구름 낀 날 우리가 사는 곳 호수 골짜기의 여기저기에서 가을 들불의 파란 연기가 조금씩 피어오르면서 가깝고 먼 것이 하나로 합쳐져 보일 때면, 나는 가끔씩 부러움과 슬픔을 함께 느끼곤 하였다. 그것은 가을날에 나이든 나그네가 울타리 너머로, 포도를 수확하고 포도주를 빚고 감자를 지하실로 나르는 이곳 토박이들을 바라볼 때 느끼는 감정이다. 그 사람들은 자기 딸들을 결혼시키고, 마당에서 기분 좋게 작은 불을 피우고, 숲가에서 따온 햇밤을 거기에 굽는다. 나그네의 눈에 참으로 멋지고 부럽고 모범적으로 보이는 것은, 가을이 되어 그런 사람들이 반쯤 축제의 분위기로 일하

<울타리 너머의 풍경>

고, 전원적인 코카서스 식 전통을 지키며 자기네 노래를 부르고, 포도를 따고, 술통을 수선하고, 들풀을 피우고, 그 옆에 서서 밤을 구우면서 솟아오르는 파란 가는 연기를 바라보고 있을 때이다. 그 연기는 흐늘거리다가 천천히 사그라지면서 참으로 유리처럼 맑은 풍경을 숨겨진 듯 더 은밀하고, 더 따스하고 더 풍요롭게 만든다.

이 들불과 마당불을 태우는 것은 사실 다름 아니라, 방해가 되는 딸기넝쿨과 감자밭 잡초를 없애고, 땅에 재를 뿌려 주고, 가시 많은 밤송이 껍질들을 태우기 위해서인 것 같다. 그런 것들이 풀밭에 남아 있으면 가축에게 위험해서 안 되기 때문이다. 하지만 포도나무와 뽕나무 둥치 사이 어딘가에 마치 꿈꾸듯 불을 지피는 농부들은 모두가 바로 이런 꿈같은 일을 위해서, 목동처럼 이 천진한 한가로움을 누리려고 그렇게 하는 것만 같다. 먼 곳의 푸르름을, 꿈꾸듯 이리저리 바뀌며 스멀스멀 기어가는 연기를 통해 가까운 곳의 노랗고 빨갛고 갈색인 색조와 좀 더 부드럽고 내밀하게, 더 음악적으로 결합시키기 위해서인 듯하다. 그 연기는 이런 계절에는 며칠 그리고 몇 주 동안, 아침부터 석양이 지는 저녁까지 우리의 다채로운 풍경을 채워주고 베일로 가리도록 도와준다.

이따금 나는 연기와, 불 옆에 웅크리고 있는 남자어른

들과 사내아이들을 바라보았다. 그들은 포만감과 졸음에 겨워 마지막 남은 들일을 굼뜨게 대충 하고 있었다. 그 모습이 내게는 뱀과 도마뱀, 그리고 곤충들의 움직임을 연상시켰다. 이런 동물들은 가을이 되어 서늘해지기 시작하면 여름에 포만해지고 태양빛에 지쳐서 겨울과 휴식, 잠과 어둠을 원하며, 졸음에 취한 듯 가볍게 비틀거리면서 아주 천천히 그리고 느긋하게 익숙해진 대로 기어가고 행동한다. 그리고 나는 암소를 모는 목동 펠리체, 사람들이 '바롱'('남작'이라는 뜻)이라고 부르는 부농 프란치니와 들불에 알밤을 굽는 사람들을 늘 조금은 부러워했다. 그들은 둘러서서 연기 나는 막대기로 밤이 잘 구워지도록 불을 들쑤시곤 했다. 또 노래하는 아이들, 졸린 듯 꽃 위로 기어 다니는 벌들도 부럽고, 아주 평화롭고, 겨울의 휴식을 준비하는 아무 문제없고 두려움 없고 단순하고 건강한 자연의 세계와 소박한 농부들의 세계가 부러웠다.

나의 부러움에는 이유가 있었다. 이렇게 들불에 심취하며 가을날을 유유자적하게 보내는 행복을 나는 알고 있었기 때문이다. 나 자신이 한때는 여러 해 동안 내 정원을 가꾸었고 정원에 작은 불을 피워 놓았었다. 그 때문에 늘 가을의 이맘때가 되면 마음이 아팠다. 그리고 마음이 무너지지는 않았지만 깊은 향수를 느끼면서 나는 그 잃어버린 시절을 미화된 빛 속에서 바라보았다. 어디에선가 고향처럼 느끼고, 한 조각의 땅을 사랑하고 경작하는 것, 그리고 단지 관찰하고 그림을 그릴 뿐 아니라 농부와 목동들의 소박한 행복을 함께 하는 것, 2천 년 동안이나 변함없이 시골 달력에 실리곤 한 베르길리우스*의 운율을 느끼는 것, 그것이 내게는 아름답고 부러워할만한 운명처럼 보였다. 비록 나 자신도 한때 그것을 맛보았고, 그렇다고 그것이 나를 행복하게 해주기에는 충분치 않다는 것을 체험했으면서도 말이다.

그런데 보라, 이 우아한 운명이 지금 다시 한 번 나에게 주어졌다. 그 운명은, 마치 익은 밤송이가 나그네의 모자 위에 떨어져서 그것을 벌리고 먹기만 하면 되듯이 내 품안에 떨어졌다. 전혀 예기치 않게 나는 다시 한 번 이곳에 정착하게 되었고, 개인 재산은 아니지만 평생 임차인으로 한 조각의 땅을 갖게 되었다! 먼저 그곳에 우리 집을 짓고 방금 입주하였으니, 이제 나에게는 많은 추억을 통해 친숙해진 약간의 전원생활이 다시 한 번 시작되

---

* 베르길리우스(Publius Vergilius Maro, BC 70~BC 19): 북이탈리아 출신의 고대 로마 최고의 서정시인이자 서사 시인으로, 「농경시」와 서사시 「아이네이스」 등을 남겼다.

었다. 그렇다고 그런 삶을 더 이상 열정적으로 격렬하게 영위하기보다는, 차라리 느긋하게 지낼 생각이었다. 일보다는 좀더 한가해지고, 숲을 개간해 식물을 재배하기보다는 가을 불을 태울 때 나오는 푸른 연기 가에서 꿈을 꿀 것이다. 어쨌든 나는 예쁜 탱자나무를 울타리로 심었고, 관목과 나무와 많은 꽃들을 심었다. 그리고 이제 이 비할 데 없는 늦여름 날들과 가을날들을 거의 풀밭과 정원에서 소소한 일들을 하며 보냈다. 어린 탱자 울타리를 자르거나, 봄에 가꿀 야채밭을 준비하거나, 길을 청소하거나, 샘물을 청결하게 했다. ─ 이런 작은 일들을 할 때마다 나는 땅 위에 불을 피웠다. 잡초, 마른 나뭇가지와 가시덤불, 그리고 녹색이나 밤색의 밤송이 껍질을 태우는 불이었다.

살아가다보면, 비록 부수적일지 몰라도, 이따금 무언가 행운 같은 것, 어떤 충족된 느낌과 포만감 같을 만난다. 아마도 그것은 오래 지속되지 않는 편이 나을 것이다. 정착한 느낌, 고향을 가진 느낌, 꽃, 나무, 땅, 샘물과 친구가 되는 느낌, 한 조각의 땅, 오십 그루의 나무, 몇 개의 꽃밭, 무화과와 복숭아나무에 대하여 책임을 지는 느낌은 일시적일 때만 그 맛이 경이롭기 때문이다.

아침마다 나는 아틀리에 창문 앞에서 손으로 무화과

를 몇 줌씩 주워서 먹는다. 그런 다음에 밀짚모자, 정원
용 바구니, 괭이, 갈퀴, 울타리용 가위를 찾아 들고 가을
의 들판으로 나간다. 나는 울타리 옆에 서서 키만큼 자라
방해가 되는 잡초를 제거해 주고, 메꽃, 여귀풀, 속새풀,
질경이풀을 큰 무더기로 쌓고서 바닥에 불을 지핀다. 나
뭇가지 따위를 던져 넣다가 녹색 풀을 조금 덮어 불길을
낮춘다. 그리고는 푸른 연기가 서서히, 마치 샘물처럼 계
속 솟아올라 황금빛 뽕나무 수관(樹冠) 사이로 지나 호수,
산, 하늘의 푸르름 속으로 헤엄치듯 흩어져 가는 것을 바
라본다.

　내 이웃 농부들이 친숙하게 떠드는 갓가지 소리들이
들려온다. 우물곁에서 두 명의 노파가 빨래를 하면서 잡
담하고 있다. 그들은 "마가리"(물론), "산토 시엘로"(하느
님 맙소사!) 같은 멋진 말투를 섞어 이야기에 열중하고 있
다. 골짜기로부터 맨발을 한 귀여운 소년이 올라오고 있
다. 알프레도의 아들 툴리오다. 나는 그 아이가 태어난
해를 기억한다. 그 당시 나는 이미 몬타뇰라 사람이 되어
있었다. 이제 그 아이는 열한 살이다. 그 애의 낡은 자주
색 셔츠가 호수의 푸른빛을 배경으로 멋지게 어울린다.
그는 회색 암소 네 마리를 끌고 가을 목초지로 가는 중이
다. 암소들은 코끝에 미치는 들불의 연기를 시험하듯 솜

털이 난 장밋빛 주둥이로 쿵쿵 맡아보다가, 서로 머리를 대거나 뽕나무 줄기에 머리를 대고 비빈다. 그리고는 스무 걸음쯤 가다가 한 줄로 늘어선 포도나무 넝쿨 앞에 멈춰 선다. 암소들은 포도 잎을 뜯을 때마다 어린 목동에게 경고를 받으며, 걸어갈 때면 목에 달린 작은 방울들이 끊임없이 딸랑거리며 소리 낸다.

나는 여귀풀을 뽑아낸다. 미안한 생각이 들지만, 내게는 탱자나무 울타리가 더 소중하다. 축축한 땅에서 잡초를 뽑아 치우고 있는 내 손 아래서 갖가지 식물과 동물들이 나타난다. 연갈색의 예쁘장한 두꺼비가 내 손을 약간 피해 옆으로 튀더니 목을 부풀려 나를 바라본다. 그 눈망울이 보석 같다. 메뚜기들이 날아오른다. 이 잿빛 곤충들은 날아갈 때 파랗고 붉은 벽돌색 같은 날개를 펼친다. 톱니 같이 조심스럽게 펼쳐진 작은 잎사귀를 가진 딸기 넝쿨이 자라고 있는데, 그 중 하나는 노란별이 박힌 아주 작고 하얀 꽃이 피어 있다.

툴리오는 그의 암소들을 주시하고 있다. 그 아이는 게으름뱅이가 아니다. 그러나 충동심 많은 한창 때의 소년으로서 그 아이 역시 계절의 기운을 느낀다. 여름이 지난 후의 포만감, 수확 이후의 느긋함, 겨울에 대비해 꿈꾸듯 휴식을 취하고 싶은 욕구를 느끼고 있을 것이다. 그

애는 빈둥대듯 조용히 이리저리 거닐기도 하고, 십오 분쯤 꼼짝 않고 서 있기도 한다. 영리한 갈색 눈동자가 푸른 대지를, 멀리 보라색 산허리에 하얗게 빛나는 마을들을 바라본다. 아이는 이따금 생밤을 잠시 씹다가 다시 뱉어 내고는, 결국 키 작은 풀밭에 드러누워 버들피리를 꺼내 나지막하게 불면서 어떤 멜로디를 만들 수 있는지 시험해 본다. 겨우 두 음밖에 나오지 않지만 그 음으로도 많은 멜로디를 만들 수 있다. 나무와 껍질에서 나오는 음만으로도 파아란 풍경, 불타는 듯한 가을, 졸린 듯 기어가는 들불의 연기, 먼 곳에 있는 마을들과 흐릿하게 풍경을 비춰주는 호수를 노래하는 데 충분하다. 암소들과 우물곁에 있는 여인들, 갈색 나비들과 돌 틈에 핀 빨간 패랭이꽃까지 모두 다 노래할 수 있다. 소년의 멜로디는 이리저리 흐르다가 어느새 베르길리우스의 운율을, 그러다가 또 호메로스의 운율까지 들려준다. 그것은 신에게 감사하고, 땅과 떫은 사과, 달콤한 포도, 알이 잘 배긴 밤송이를 찬미한다. 그 운율은 호수 골짜기의 파랑색, 빨강색, 황금색과 그 청명함, 그리고 먼 곳에 솟은 높은 산들의 고요함을 감사하며 찬미한다. 그리고 도시인들은 알지 못하지만, 그들이 생각하는 것처럼 그렇게 거칠지도, 그렇게 유쾌하지만도 않은 삶을 묘사하고 찬미한다. 그것은 정신적인 삶도 영웅적인 삶도 아니지만, 그럼에도 불구하고 정신적인 사람, 영웅적인 사람 누구에게나 마치 잃어버린 고향처럼 아주 매혹적인 삶이다. 그것은 아주 오랫동안 살아온 인간의 삶, 땅을 경작하는 자의 삶, 근면과 수고의 삶이지만 서두르지 않고 원래 근심이 없는 삶이다. 왜냐하면 그런 삶은 경건함, 땅, 물, 대기에 존재하는 신성에 대한 믿음, 계절에 대한 믿음, 동식물의 힘에 대한 믿음에 기반을 두고 있기 때문이다.

나는 그 노래에 귀를 기울이면서, 약해진 불길 위를 한 무더기 나뭇잎으로 덮는다. 나는 그냥 한없이 이대로 서 있고 싶다. 아무런 소망도 없이 조용히 서서, 황금빛 뽕나무 수관 너머에 색채들로 가득한, 풍성한 풍경을 바라보고 싶다. 그 풍경은, 얼마 전까지만 해도 여름의 이글거리는 열기로 흔들렸고 머지않아 내리는 눈과 겨울 폭풍에 시달리겠지만, 지금은 아주 고요하고 영원한 것처럼 보인다.

(1931년)

1944년 10월

격렬하게 비가 쏟아져
흐느끼듯 땅 속으로 몸을 던지고,
냇물을 이뤄 졸졸 길을 따라
넘치는 호수로 향해 흘러간다.
얼마 전까지만 해도 유리처럼 빛났던 호수로.

우리가 한때는 즐거웠고
세계가 우리에게 축복인 듯 보였던 것은
한 바탕 꿈이었다. 반백의 머리에
경험 많은 우리는 가을처럼 서 있다.
전쟁을 겪고 그것을 미워한다.

화려함도 잃고 황량해져 버렸다,
예전에 웃음 짓던 세계는.
잎 떨어진 나뭇가지들의 울타리 사이로
죽음처럼 가혹한 겨울이 응시하고,
우리를 잡으려 밤의 손이 뻗어 온다.

아름다운 아침, 가을의 대지, 그리고 초겨울 향기가 나는 대기

아름다운 아침이었다. 가을의 대지와 대기에는 초겨울의 향기가 스쳐갔고, 그 시큼한 청명함은 낮이 되면서 사그라졌다. 커다란 쐐기 모양으로 늘어선 찌르레기 떼가 들판 위로 시끄럽게 붕붕 소리를 내면서 날아갔다. 골짜기에는 떠돌이 목동이 이끄는 가축 떼가 지나갔다. 그것들이 일으키는 가벼운 먼지가 목동의 담배 파이프에서 나오는 가느다란 파란 연기와 뒤섞였다. 늘어선 산들과 다채로운 숲 등성이들, 그리고 버드나무가 늘어선 시냇물이 유리처럼 투명한 대기 속에 생생하게 한 폭의 그림처럼 서 있었다. 지상의 아름다움은 누가 듣든 상관없이, 그 만의 나직하고 그리운 언어로 이야기 하고 있었다.

나에게 언제나 어떤 물음이나 하루의 일과 또는 인간 정신의 행위보다 더 이상하고, 이해할 수 없으면서도 매력적인 것은, 어떻게 해서 산이 하늘 아래에 솟아 있고 공기가 조용히 골짜기에 머물러 있으며, 어떻게 해서 자작나무 잎이 가지에서 미끄러져 떨어지고 새들이 떼를

지어 푸른 하늘을 날아갈까 하는 것이다. 그런 영원히 수수께끼 같은 것이 사람을 무색하게 만들면서도 더없이 감미롭게 마음을 사로잡으면, 그는 다른 때는 해명이 안 되는 것에 대해 이야기하던 오만함을 다 내려놓는다. 그러면서도 그냥 굴복하기보다는 모든 것을 감사하며 받아들이고, 자신을 겸허하면서도 자랑스럽게 이 세계의 손님으로 느낀다.

(「가을의 도보 여행」 중에서, 1906년)

<카슬라노의 가을날>

가을은 위대한 화가

늦가을은 위대한 화가입니다. 내 말은 시월부터 나타나는 노랗고 붉은 화려함이 아닙니다. 내 말은, 연한 은회색 하늘을 배경으로 한 헐벗은 가는 나뭇가지들, 지친 듯 잿빛으로 융단처럼 펼쳐져 있는 저 비탈진 초원들, 그리고 힘이 없이 비쳐 슬프지만 온화하고 수줍은 태양의 시선입니다. 그 시선은 나직하게 유령처럼 안개 낀 축축한 나무들 위로 미끄러져 가다가 창유리에 부딪치자 약해져 사라집니다. 그 모든 색조는 얼마나 부드럽고, 섬세하고, 우아한지요!

(「엘리자베트에게 보낸 서한」 중에서, 1901년)

시월

(1908년)

가장 아름다운 옷으로 단장을 하고
모든 나무들이 노란빛, 붉은빛으로 서 있다.
그들은 가벼운 죽음을 맞이하고,
고통에 대해서는 아무것도 모른다.

가을이여, 내 뜨거운 심장을 식혀다오,
그것이 좀더 서서히 뛰고
황금빛 날들을 지나
겨울을 향해 나아가도록.

나무들

나무들은 나에게는 언제나 관심을 가장 많이 끄는 설교자였다. 나는 나무들이 많은 사람들 사이에서 자랄 때, 가정집 안에 심어져 자랄 때, 크고 작은 숲들에 심어져 자랄 때, 그것들을 존경한다. 특히 그것들이 그루씩 띄엄띄엄 서서 자랄 때, 나는 더욱 존경한다. 나무들은 고독한 존재와 같다. 나약함 때문에 현실에서 벗어나 은둔하려는 사람과는 다르다. 마치 베토벤이나 니체처럼 위대하고도 고독하게 버티어간 사람들과 같다. 나무 꼭대기에서는 세계가 윙윙거린다. 그 뿌리들은 무한 속에서 안주한다. 나무들은 그 속에서 자신을 잃지 않고 오직 하나만을 위해서 모든 생명력을 동원하여 애를 쓴다. 그것은 바로 나무들에게 고유한, 그들 안에 있는 법칙을 따르는 일이다. 나무들 고유의 형상을 완성해 나가면서 스스로를 표현해 내는 일이다.

아름답고 강인한 나무보다 더 성스럽고 더 모범적인 것도 없다. 어떤 나무는 톱에 잘린 채 죽어가면서 그 상처를 태양 빛 아래에 훤히 드러낸다. 그때 잘린 그 나무

둥치의 희멀건 부분, 죽어서 묘비가 되어버린 그 상처 위에서 그 나무의 모든 역사를 읽을 수 있다. 나이테와 상처가 아문 자국에는 그 나무들이 겪었던 온갖 투쟁과 고난, 아픔, 갖가지 행복과 번성했던 시절의 이야기가 충실하게 기록되어 있다. 힘이 들어 나이테의 굵기가 가늘어진 해도 있었고, 무성하고 화려하게 피어나 굵어진 해도 있었다.

나무는 힘든 공격을 참아 이겨내고 폭풍우도 견뎌낸 것이다. 그래서 젊은 농부들은 누구나 가장 강인하고 가장 고귀한 나무가 어떤 것인지를 알고 있다. 높은 산꼭대기에서 자라며 늘 계속되는 위험에 노출되어 있으면서도 결코 파괴되지 않고, 가장 힘이 넘쳐 모범이 되게 자라는 나무둥치가 가장 좁은 촘촘한 나이테를 가지고 있음을.

나무들은 성스럽다. 나무와 더불어 이야기를 나누고, 나무에 귀를 기대어 들을 줄 아는 사람은 진실을 체험하게 된다. 나무들은 무슨 교훈이나 처방 따위를 설교하지 않는다. 개별적인 일에 대해서는 무심하면서도 나무는 삶의 근원적인 법칙을 알려준다.

어떤 나무는 이렇게 이야기한다.

"내 안에는 하나의 핵(核)과, 하나의 불꽃과 하나의 생각이 숨겨져 있다. 나는 영원한 생명을 지닌 생명이다.

영원한 자연의 어머니는 나와 함께 단 한 번의 유일무이한 일을 시도한다. 나의 모습과 나의 피부 속을 흐르는 혈관도 다른 어디서 찾아볼 수 없는 독특한 것이다. 나의 가지 꼭대기에 매달린 가장 작은 잎사귀가 벌이는 유희조차, 나의 가지에 난 아주 작은 상처조차, 다른 데서는 없는 유일한 것이다. 나의 임무는 그 유일함 속에서 영원한 것을 형성해 보여주는 것이다."

또 다른 나무는 이렇게 이야기한다.

"신뢰야말로 나의 힘이다. 나는 나의 선조에 대해서는 아무 것도 모른다. 나는 해마다 내 몸에서 탄생하는 수천의 자손에 대해서도 아무 것도 모른다. 나는 내 씨앗 속에 간직된 비밀을 지닌 채 마지막까지 살아간다. 그밖에 어떤 것도 내가 상관할 것이 아니다. 나는 내 안에 신이 있다고 믿는다. 나는 나의 의무가 성스럽다고 믿는다. 이 믿음 때문에 나는 살고 있다."

우리가 슬퍼져서 삶을 더 이상 견디기 힘들어질 때, 나무는 우리들에게 이렇게 이야기한다.

"가만히 있어라! 조용히 하라! 나를 바라보라! 삶은 쉬운 것이 아니다. 삶은 어려운 것도 아니다. 그런 생각들은 모두가 유치하다. 신이 네 안에서 말씀하도록 가만히 두어라. 그리고 너는 침묵하라. 네가 두려워하는 것은 네가 가는 길이 너를 어머니로부터, 고향으로부터 멀리 떨어져나가게 하기 때문이다. 그러나 내딛는 걸음마다, 매일 매일이 너를 새로이 어머니에게로 이끌어간다. 고향이란 여기나 저기에 따로 있는 것이 아니다. 고향은 너의 내면에 있든가, 아니면 어디에도 없다."

밤바람에 소슬거리는 나무들에게 귀를 기울이고 있으면, 방랑하고 싶은 욕망에 나는 마음을 빼앗긴다. 가만히 오랫동안 귀를 기울이고 있으면, 방랑하고 싶은 욕구의 핵심과 의미가 드러난다. 그것은 고통이다. 그 고통을 겪으면서도 거기서 벗어나고 싶어 하지 않는 그 무엇이다. 방랑은 고향을 그리는 향수이며, 어머니를 기억하려는 동경이다. 삶의 새로운 비유를 찾으려는 동경이다. 방랑은 고향의 집으로 이끌어간다. 모든 길은 고향의 집으로 향해 있으며, 모든 걸음은 탄생이다. 모든 걸음은 죽음이며, 모든 무덤은 어머니이다.

그처럼 나무는 저녁에 우리가 스스로의 유치한 생각에 불안해할 때 소슬거린다. 나무들은 긴 생각을 지니고 있다. 우리들보다도 더 긴 삶을 살며, 그들은 길고도 조용하게 호흡을 한다.

나무들은 우리가 그들에게 귀를 기울이는 동안은 우리보다 더 현명하다. 우리는 나무들의 속삭임에 귀를 기

울이는 것을 배우면서 우리들의 짧은 소견과 어린애 같
은 서두름도 더할 수 없는 즐거움에 젖는다. 나무들의 속
삭임에 귀 기울이는 법을 배운 사람은 더 이상 나무가 되
려고 갈망하지 않는다. 그는 자신이 지금 처한 대로 있지
다른 존재가 되려 하지 않는다.

　바로 그것이 고향이다. 그것이 행복인 것이다.

(『방랑』 중에서, 1918년)

<몬타놀라 풍경>

가을의 나무

절망하면서도 여전히 내 나무는
녹색 잎을 지키려 차가운 겨울밤과
싸운다. 나무는 그 잎을 사랑하니 아쉬울 뿐이다.
몇 달간 즐겁게 그것을 걸쳤으니,
기꺼이 간직하고 싶어 한다.

그러나 또 다시 밤이 오고, 또다시
거친 날이 온다. 나무는 지쳐
더 이상 싸우지 못하고 온몸을
풀어 헤쳐 낯선 의지에 맡긴다,
그것이 나무를 완전히 제압할 때까지.

그러나 나무는 황금빛을 띠고 발그레 웃으며,
파란 하늘 속에 아주 행복하게 서 있다.
지쳐 죽음에 자신을 맡기니,
가을이, 온화한 가을이 그를
새로운 화려함으로 장식한다.

내 주위에서 허물어져 간 유년 시절

유년 시절은 내 주위에서 허물어져 갔다. 부모님은 얼마간 당황한 심정으로 나를 바라보았다. 누이들은 나에게 완전히 낯선 존재가 되었다. 새로운 자각을 하게 되자 나에게 익숙했던 감정이나 기쁨은 불순한 것이 되고 퇴색해졌다.

우리 집의 정원에는 향기가 없어지고, 숲도 내 마음을 끌지 못했다. 내 주위의 세계는 고물들처럼 무미건조하고 매력도 없었다. 책은 종이에 지나지 않고 음악은 소음에 불과했다. 가을이 되어 나무 주위로 낙엽이 떨어지지만, 나무는 그 것을 느끼지 못한다. 나무를 따라 비가 흘러내리고 햇볕이 쪼이고 서리가 내린다. 나무속에서는 생명이 서서히 가장 빽빽한 곳, 내부의 가장 깊은 곳으로 움츠러 들어간다. 그러나 나무는 죽지 않고 기다린다.

(『데미안』 중에서, 1917년)

가을에 죽은 유다 나무

유다 나무*에 대해 알아보려고 사전을 펼쳐 조사해 보아도 많은 것을 자세히 알아내지는 못한다. 유다나 구세주에 대해서는 한마디도 없다! 그 대신 이 나무는 콩과 식물에 속하며 라틴어 명칭은 '체르치스 실리쿠아스트룸(Cercis siliquastrum)'이라고 씌어 있다. 원산지는 남유럽이고 도처에서 관상용 관목으로 쓰인다고 한다. 또 그 나무는 '가짜 요한의 빵'이라고도 불린다. 도대체 어떻게 하다가 유다와 가짜 요한이라는 이름이 뒤섞이게 되었는지는 아무도 모를 일이다!

하지만 '관상용 관목'이라는 대목을 읽었을 때 나는 불행한 내 처지 속에서도 웃지 않을 수 없었다. 그 거대한 나무가 관상용 관목이라니! 그 둥치는 너무나 굵었다. 내가 가장 건강하게 지내던 시절에도 내 몸집이 그 나무를 따라가지는 못했을 것이다. 그 나무의 우듬지는 깊숙한 정원의 깊은 땅 속으로부터 뻗기 시작해서 거의 내 방의

---

* 유다 나무(Judasbaum): 유다의 전설과 관련 있는 나무로도 알려져 있는데, 우리말로는 '박태기나무'라고도 한다.

베란다 높이까지 솟아올라와 있다. 그것은 화려한 나무였고, 그야말로 진짜 배의 돛대처럼 보였다! 나는 이 관상용 관목 아래에 서 있기를 좋아했었다. 그런데 최근에 몰아친 폭풍에 마치 오래된 등대처럼 갈라지고 무너져 내려 버렸다.

어쨌거나 이미 지난 시절은 그다지 찬사를 보낼 만한 것은 못되었다. 여름 날씨가 갑작스럽게 병든 것처럼 바뀌어 죽음이 다가오는 것이 일찌감치 느껴졌다. 결국 진짜 첫 가을비가 내리던 날에 나는 내 다정한 친구(나무가 아니라 사람이었다)를 무덤으로 보내야 했다. 그 이후로 날씨가 차가운 밤이나 비가 자주 내릴 때면, 더 이상 예전처럼 따스함을 느낄 수 없었다. 그래서 벌써부터 이곳을 다시 떠나야겠다는 생각을 굳히고 있었다.

가을 냄새가 났다. 죽음의 냄새, 시체를 담은 관과 무덤가의 화환들의 냄새였다.

드디어 어느 날 밤이었다. 한동안 북미 대륙과 대서양을 휩쓸었던 허리케인의 뒤늦은 여독이 거친 남쪽의 폭풍으로 변해 불어왔다. 포도밭들이 모두 망가지고 굴뚝들이 꺾이고 파괴되어 버렸다. 심지어 내 방 앞의 작은 석조 베란다조차 뭉개져 버렸다. 마지막 순간에는 내가 사랑하는 유다나무마저도 뿌리째 뽑혀 버렸다.

젊은 시절에 나는 하우프*나 호프만*의 낭만적인 멋진 소설들 속에 나오는 아주 무시무시하게 불어오던 열대 폭풍을 얼마나 사랑했던가. 지금도 나는 알고 있다! 아, 그 소설 속의 장면과 꼭 같았다. 그처럼 막강하고 무시무시하고 난폭했다. 또한 무겁고 뜨거운 바람이 목을 조여 누르는 것 같았다. 마치 그 바람은 사막에서 우리의 평화로운 골짜기로 불어오는 듯했다. 그러면서 북미 대륙의 미국인들이 좋아하는 못된 장난을 펼치는 듯했다. 지긋지긋하고 얄미운 밤이었다. 한숨도 잠을 이룰 수가 없었다. 마을 사람들은 어린아이들을 빼고는 누구도 밤새 눈을 붙일 수 없었다.

아침이 되자 부서진 지붕 박공들과 깨어진 창유리들, 줄기가 부러진 포도나무들이 거기에 쓰러져 있었다. 그러나 나한테 가장 가혹하고 끔찍한 것은 바로 쓰러진 그 유다나무의 모습이었다. 물론 앞으로 그 자리에 좀더 나

* 하우프(Wilhelm Hauff, 1802~1827): 독일의 낭만주의 시인이자 소설가로 역사 소설 『리히텐슈타인』을 써서 유명했으나, 오늘날에는 동화 작가로 더 많이 알려져 있다. 주요 작품으로 『하우프 동화집』이 있다.

* 호프만(Ernst T. A. Hoffmann, 1776~1822): 독일 후기의 낭만파 소설이자 음악가. 베를린의 판사였으나 낮에는 공직에 종사하고 밤에는 술집에서 지내면서 시인들과 더불어 문학이나 음악에 대해 얘기하고 작품을 쓰는 이중생활을 했다. 그의 작품들은 『제라피온 동인집』, 『악마의 묘약』 등 기이하고 환상적인 내용을 담은 것이 많다.

이 어린 유다나무가 심겨질 것이다. 그렇게 하도록 조치를 취했다. 그러나 그 어린 나무가 앞서 그 자리에 당당하고 멋지게 서 있던 유다 나무의 절반 정도 크기로 자랄 때쯤이면 이미 나는 여기에 없을 것이다.

최근에 흘러내리는 가을비 속에서 사랑하는 친구를 무덤 속에 파묻고 그의 관이 차가운 구덩이 속으로 사라지는 것을 보았을 때, 나는 죽음이 그에게 위안이 되었으리라고 느꼈다. 그는 비로소 안식을 찾은 것이다. 그는 자기에게 다정하게 다가오지 않았던 이 세계로부터 떨어져 나간 것이다. 투쟁과 근심으로부터 떨어져 나가 다른 해안으로 들어선 것이다.

그러나 죽은 유다나무에게는 이런 위안이 없다. 오직 우리 같은 가련한 인간들만이 우리들 가운데 누군가 죽어 매장되면 스스로에게 보잘것없는 위안이 되도록 이렇게 말한다.

"이제, 그는 잘되었어. 그가 정말 부럽다."

나의 유다나무에게는 그런 말을 할 수 없다. 그 나무는 정말로 죽고 싶지 않았을 테니까. 그 나무는 아주 나이가 많아질 때까지 해마다 수백만 개에 달하는 화려하고 찬란히 빛나는 꽃들을 풍성하게 피웠었다. 나무에 맺히는 녹색 열매들은 처음에는 갈색이었다가 다음에는 자주

색으로 물들었다. 그 나무는 죽어 가는 사람을 바라보면서 그의 죽음을 부러워한 적이 한 번도 없었다. 그 나무는 우리 인간들을 별로 대수로이 여기지 않았을 거라고 짐작된다. 아마도 그 나무는 이미 유다가 살던 시대부터 우리 인간들에 대해 알고 있었을 것이다. 이제 그 나무의 거대한 시체가 정원 안에 누워 있다. 둥치가 부러지고 떨어져 내리면서 무수한 작고 어린 식물들을 깔려 죽게 만들었다.

「오래된 나무에 대한 탄식」 중에서, 1927)

가을에 나간 소풍

밤이 지나고
가을의 태양이 운행을 시작하니,
금속 같은 광채가
호수에 떠오른다.

정상은 하얗게
얼음으로 반짝이고,
산바람이 세차게
가지에서 잎을 채어간다.

눈이 바람과
햇빛에 시리고,
먼 옛날의
추억이 말한다.

젊은 시절의
방랑의 즐거움이

아득히 울려온다,

먼데서, 머언데서……

가을 들판을 거닐며

　이제 그는 가을 들판을 거닐며 그 계절이 미치는 영향에 몸을 맡겼다. 저물어가는 가을, 조용히 떨어지는 낙엽들, 갈색으로 변하는 초원, 짙은 아침 안개, 무르익어 지쳐 죽어가려 하는 식물들이 마치 온갖 병자들처럼, 그를 무겁고 절망적인 기분과 슬픈 생각 속으로 몰아갔다. 그는 함께 사라지고, 함께 잠이 들고, 함께 죽고 싶은 소망을 느꼈고, 자신의 청춘이 그것에 저항하면서 조용히 질기게 삶에 매달려 있다는 것이 괴로웠다.

　그는 나무들이 노랗게 물들고 갈색으로 변하다가 헐벗은 것을 바라보았고, 숲에서 피어오르는 희멀건 안개를 바라보았다. 그리고 마지막 과일 수확이 끝난 후 생명이 꺼지고 더 이상 아무도 시들어가는 나뭇가지들을 살피지 않는 정원들을 바라보았다. 수영과 고기 잡는 일도 끝나서 메마른 잎들로 뒤덮이고, 몹시 추운 강의 연안에는 강인한 피혁공들만 버티고 있는 것도 바라보았다. 며칠 전부터 그는 포도 압착 때 나온 찌기들을 몸에 지니고 다녔다. 지금은 포도 압착장들과 모든 제분소에서도 열심히 포도즙을 짜는 시기였기 때문이다. 그래서 시내에서는 골목마다 과일즙의 조금씩 발효되는 냄새가 진동했다.

아랫마을 제분소에서도 슈마허 플라이크가 작은 압축기를 빌려 과일즙을 짜는 데 한스를 초대했다. 제분소 앞마당에는 크고 작은 과일 짜는 기계들, 바구니, 과일이 가득 담긴 자루들, 물통, 각종 통들, 산처럼 쌓인 갈색 과일 찌꺼기들, 나무 지레, 미는 수레, 빈 수레들이 놓여 있었다. 과일즙을 짜내는 기계들이 작동하면서 삐걱거리고, 부딪치고, 신음을 토해내고, 덜덜 떨리는 소리를 냈다. 그 기계들은 대개 녹색 락크칠을 했는데, 이 녹색이 진노란색 과일찌꺼기, 사과바구니 색, 연녹색의 강물, 맨발의 아이들, 그리고 밝은 가을의 태양과 더불어 보는 사람 누구에게나 기쁨과 삶의 즐거움 그리고 풍성함 같은 매혹적인 인상을 주었다. 으깨지는 사과에서 나는 저격거리는 소리는 떫으면서도 식욕을 자극하는 느낌을 주었다. 이곳으로 와서 그 소리를 듣는 사람은, 재빨리 사과를 한 개 주먹에 쥐고 깨물어 먹지 않을 수 없었다. 관에서는 갓 짜낸 달콤한 과일즙이 진노랑색으로 햇빛 아래서 웃는 듯 흘러나오고 있었다. 여기에 와서 그것을 보는 사람은, 그 즙을 한 컵 달라고 부탁하지 않을 수 없었다. 그것을 재빨리 맛본 다음에 서 있으면, 눈가가 축축해지고 몸속에 흐르는 달콤함을 느끼면서 기분이 좋아지는 것이었다. 그리고 이 감미로운 과일즙은 주위의 공기를 그 즐겁고 강하며 맛좋은 냄새로 가득 채웠다. 이 향기는 사실 한 해 중 가장 섬세한 냄새이며, 무르익음과 수확의 진수이다. 가까워지는 겨울에 앞서 그것을 짜는 것이 좋다. 그럴 때 감사의 마음으로 좋고 경이로웠던 많은 일들을 회상하게 되기 때문이다. 포근했던 오월의 비, 쏴쏴 내렸던 여름비, 서늘했던 가을 아침의 이슬, 부드러운 봄의 햇빛, 그리고 작열하듯 무더운 여름더위, 하얀색과 분홍색으로 빛나던 꽃잎들, 그리고 수확 전에 익어서 적갈색으로 빛나던 과일 나무들, 그리고 그 사이에 있던, 계절의 흐름이 가져온 온갖 아름다움과 즐거운 것들을 회상하게 되기 때문이다.

『수레바퀴 아래서』 중에서, 1903년)

고요하고 졸린 날들

　고요하고 졸린 날들이다! 낙엽이 지고 밤에 불던 폭풍도 지나갔다. 다시 한 번 햇살이 났다. 하늘에는 부드럽고 밝은 푸르름이 어리고, 하얀색과 자주색 구름들이 마치 가을의 실낱같이 가늘고 길게 이어져 있다. 키 큰 포플러나무들의 꼭대기에는 아직도 황금빛 잎사귀들이 흩날리고 있고, 숲에는 축축한 적갈색 잎들 아래에 아직도 파랗고 부드러운 이끼가 끼어 있다. 온갖 색들이 부드럽게 서로 내밀한 조화를 이루고 있다. 햇빛이 비치는 곳에는 모든 것이 다시 한 번 활기차고, 아름답고, 사랑스런 모습을 띤다. 가을은 풍성했고, 들판에 열린 곡식과 포도, 과일이 넘쳐났다. 이제 짐을 던 들판은 밝은 빛 속에 드넓게 고요히 펼쳐져 있고, 더 넓어지고 더 자유로워진 땅은 부드러운 색채를 띠고 시들어가면서 가만히 몸을 뻗쳐 안도의 숨을 쉬고 있다.

　아마 이제는 만족하지 못하고 욕망에 차 있던 내 마음도 더 가벼워지고, 더 쉽게 포기하고, 더 쉽게 해방되어 가을과 안식을 찾게 되리라. 나는 그것을 소망하면서도 소망하지 않는다. 평화는 달콤하고 바람직하지만, 더 달콤하고 정말로 더 값진 것은 폭풍인 것이다.

(『게르투르트』중에서, 초고, 1906/07년)

시든 잎

모든 꽃들은 열매가 되고 싶고,
모든 아침은 저녁이 되고 싶으며,
영원한 것은 지상에 없다.
변화이고 도주일 뿐.

가장 아름다운 여름도
언젠가 가을과 시듦을 느끼고 싶다.
잎이여, 참으며 가만히 있어라,
바람이 너를 데려가려 할 때면.

너의 유희를 계속하며 저항하지 말고,
그냥 그렇게 조용히 놔두어라.
너를 부러뜨리는 바람이
너를 고향으로 날려 보내게 하라.

늦가을의 산책

가을비가 잿빛의 숲속을 휘저었고,
아침 바람에 차갑게 골짜기가 떨고 있다.
알밤들이 밤나무에서 툭 떨어져 터지고,
촉촉이 젖어 갈색으로 환히 웃는다.

가을이 내 삶을 휘저어,
갈가리 찢긴 잎들을 바람이 떨어뜨리려
이 가지 저 가지를 흔든다 ― 열매는 어디에 있는가?

나는 사랑을 꽃피웠고, 그 열매는 고통이었다.
나는 믿음을 꽃피웠고, 그 열매는 미움이었다.
내 앙상한 나뭇가지들에 바람이 몰아치나,
나는 그것을 비웃는다. 아직 나는 폭풍우를 견뎌낸다.

내 열매는 무엇인가? 내 목적은 무엇인가! ―
나는 꽃피웠다. 꽃피움이 나의 목적이었다.
이제 나는 시든다. 그리고 다름 아닌 시듦이 나의 목적이다.
마음이 간직하는 목적은 짧은 것이다.

신이 내 안에 산다. 신이 내 안에서 죽는다. 신은 고뇌한
다,
내 가슴 속에서. 그것으로 내 목적은 충분하다.
길이든 미로든, 꽃이든 열매든
모든 것은 하나다, 모든 것이 이름일 뿐이다.

아침 바람에 차갑게 골짜기가 떨고 있다.
알밤들이 밤나무에서 툭 떨어져,
밝고 알차게 웃는다. 나도 함께 웃는다.

가을밤

아, 늦가을 밤이다! 몇 시간 전부터 이미 어두워지고, 저기 호수 위쪽 언덕의 붉은 창문들이 있는 마을들은 하나씩, 모두가 비, 구름, 폭풍, 어둠에 의해 나하고 떨어져 있다. 그것들은 폭풍이 낮게 드리운 구름을 밀어낼 때마다 반짝 빛났다가 사라지곤 한다. 이 마을들을 나는 모두 잘 알고 있고 좋아한다. 그 하나하나가 친구이자 추억이다. 이편 마을에서는 어느 일요일에 친구들과 함께 취했었다! 또 저편 마을에서는 어느 비가 오는 날 오후에, 비에 젖은 창문 뒤에서 술집주인 그리고 술집 애들과 함께 이야기하며 빈둥빈둥 시간을 보냈었다! 또 어디서는 습기 차고 아직 푸르름이 남아 있는 저녁에, 포도밭 근처에서 몽상에 젖어 있었다. 별이 반짝반짝 떠오르고 있었고, 마을에서 음악소리가 들려오고, 저녁의 희미한 굴뚝에서는 조금씩 연기가 흘러나와 포플러나무와 과일나무들의 거무스름한 꼭대기 위로 솟아오르고 있었다!

오래 전에 꺼놓은 난로는 아직도 미지근하고, 화덕 안에는 고양이가 잠들어 있는데, 이따금 몇 분씩 깨어나 그

르렁거리기 시작한다. 벽에는 수천 권의 두껍고 얇은 내 책들이 꽂혀 있다. 그리고 내가 창가로 가서 축축한 유리창을 닦아낼 때 보면, 호수 너머의 언덕에 나직이 창가에 불빛이 비치는 마을들이 있는데 모두가 추억이다. 그리고 이 세계는 뻐꾸기시계의 똑딱거리는 소리 외에 아무 소리도 들리지 않고, 창가에 가늘게 떨어지는 빗소리, 그리고 여기저기 귀여운 고양이가 졸며 그르렁거리는 소리 밖에 들리지 않는다. 이런 긴 저녁 시간에 사람들이 보통 그러하듯이, 나도 추억 삼아 소년 시절과 청춘 시절에 쓴 오래된 편지, 일기, 그리고 시들을 만지작거리며 보낸다. — 그 당시 나는 참으로 달랐다! 나는 다음과 같은 글을 읽어간다.

" — 내가 인생에 대해서, 인생이란 꿈꾸는 사람을 자극하는 작은 움직임 같으며, 작은 파문이 일어나는 것과 같고, 반쯤 깬 사람의 웅얼거림과 같고, 살아야 할 가치가 거의 없다는 것을 알게 된 그날 밤 이후로⋯⋯"

그리고 이런 글도 있다.

"당신이 그 섬세하고 위안을 주는 여성스런 얼굴을 열병을 앓는 듯한 내 두 눈 위로 숙일 때면 당신은 얼마나 아름다웠는지요! 당신이 나와 함께 옛 노래의 추억에 귀를 기울이며 조용히 몸을 숙이고 깊은 눈은 밤을 향하고 있을 때면, 승화된 이미 위에 금발머리카락이 부드럽게 흘러내리고 있었지요. 당신이 눈을 내려뜨고 말없이 당신의 하얀 왼손으로 내 손을 더듬을 때면 — 당신은 얼마나 아름다웠는지요!"

그것은 내가 갓 스무 살을 넘겼을 때 쓴 것이었다. 나는 그것을 늦가을의 저녁에 썼고, 이 글로 내 청춘 시절과 작별을 고한다는 느낌을 가졌었다. 나는 잘 지내지 못하고 있었고, 오직 실망만 겪고 있었다. 그리고 밤이면 지붕 밑 내 다락방에 앉아 잠도 자지 않고 슬픈 시들을 썼다. 그러나 바로 이런 우울함 속에서 내가 가장 달콤한 청춘의 환의를 속속들이 맛보고 있다는 것은 알지 못했다. 그 당시 내가 쓴 것들은 지금 보니 모두 놀라웠다. 아마 조금 우스꽝스럽기는 해도, 그 후로 내 안에서 울려 나왔던 그 무엇보다도 더없이 감미롭고 듣기 좋은 것은 이 말이었다. "당신은 얼마나 아름다웠는지요!"

저기에 내 책들이 꽂혀 있다. 천 권이 넘는다. 모두가 힘들고 궁핍했던 시절에 서서히 모든 것들로, 그 안에 수많은 보석이 담긴 아름다운 보물이다. 그것들은 튼튼하고 멋진 서가에 꽂혀 있고, 전처럼 바닥이나 침대, 그리고 소파 위에 굴러다니지 않는다. 벽에는 좋은 그림이 몇 점 걸려 있고, 커다란 난로는 내가 원하는 한 타고 있다.

나는 더 이상 장작 값을 계산해서 절약할 필요가 없다. 심지어 지하실에는 포도주도 한 통 놓여 있는데, 거기 구멍에는 멋진 마개가 끼워져 있다. 그리고 오래 된 납상자 안에는 언제나 담배가 들어 있다. 그러니까 나는 잘 지낸다, 아주 잘. 내 고양이조차도 살이 쪘고, 원하는 만큼 우유를 받아먹는다.

그러나 숲에 단풍이 들고 가을 폭풍 속에서 호수가 번쩍거리며 나뭇잎처럼 녹색과 바다처럼 푸르게 된 후로, 난롯가의 아늑함이 시작되고 내가 호수에서 내 요트를 가져다 다락에 놓은 후로, 편안한 생활에 대한 분노가 종종 나를 엄습한다. 날이 어두워지는 저녁 때 호숫가로 내려가면 선착장에 포플러나무들이 강하고도 부드럽게 살랑거리고, 축축한 바람이 순식간에 나를 휘감다가 호수 위로 넘어가 신음을 토하면서 움직이는 수면 위로 스쳐간다. 그럴 때 내 몸속의 영혼은 내가 더 이상 고독한 자도 방랑자도 아닌 것이 괴롭다. 그래서 다시 한 번 세상에 인사를 보내고 바다와 육지로 내 향수를 간직한 채 가기 위해서라면, 나는 낡은 모자와 배낭 하나를 구하러 내 작은 집과 행복도 내주고 싶다.

어제 나는 집에 혼자 있으면서 아직 깨어 있었다. 한밤에 바람이 집요하게 창가에 부딪히고, 교회의 종탑 위로 구름들이 서둘러 흘러가고 있어서 나는 더 이상 집에 앉아 있을 수 없었다. 그래서 가만히 외투를 걸치고 모자와 스틱을 집어 들고 외출했다. 높은 데서 폭풍 소리가 요란하고, 아래서는 어둠 속에서 호수가 불안하게 요동쳤다. 마을 전체에 창에 불이 켜진 집은 더 이상 없었고, 호수 연안에서만 연안 감시관이 두꺼운 외투에 몸을 깊숙이 파묻고 깃을 높이 세운 채 내키지 않는 듯 이리저리 거닐고 있었다. 내가 좀 높은 곳으로 올라가보니, 검은 넓은 육지와 물, 호수가 검게 보였다. 그 뒤로 창백하게 빛나는 하늘이 펼쳐져 있고, 무거운 구름들이 세차게 흘러가고 있었다. 길게 이어진 산들은 굽은 채 잠에 취해 있고, 여기 저기 꿈속에서처럼 희미한 정상들이 하늘을 향해 뻗쳐 있었다. 그것은 격한 큰 파도처럼 내 가슴에 덮쳐 왔다. 마치 모든 자유와 힘이 있던 내 젊은 시절 전체가 내게 파고들어, 나를 바닥에서 들어 올려 보도 듯도 못한 먼 곳으로 나를 내던져버릴 것만 같았다.

아, 너, 숲이여, 고요한 검은 숲이여, 그리고 너, 넓은 호수와 너, 물속에 잠들어 있는 섬이여! 아, 너희 먼 곳의 산들이여! 알아차리지 못한 채 나는 아주 먼 곳으로 가려는 듯 방랑의 발걸음을 떼었다. 밤에 휩싸인 그곳은 동화의 나라가 되어 내 주위에 묵묵히 놓여 있었다. 한 시간

후 첫 갈림길에 이를 때까지 그랬다. 그 길에서 나는 가만히 웃으며 멈춰 섰고, 내 아내와 집을 생각했다. 또 황급히 집에서 나오면서 등불을 끄지 않은 것도 생각났다. 그것은 이제 기름이 다 할 때까지 오래 된 책의 누렇게 단 책장 위를 비추고, 책상과 벽을 비추고, 창문을 뚫고 잠든 마을 밖으로 비쳐 나오고 있었다.

이제 나는 내일 다시 되돌아가야 하는 것을 잘 알았고, 뜨겁게 요동치던 내 방랑벽은 서서히 가라앉기 시작했다. 그러나 그 아름다운 밤은 내 것이어서, 기다리듯 내 앞에 펼쳐져 있는 그 밤을 물리치고 싶지 않았다. 그래서 나는 생각에 잠겨 갈림길에서 주저하고 있을 때, 강한 향수가 나를 끌어당기기 시작했다. 숲 뒤편의 넓게 언덕진 초원에 둥근 탑들을 지닌 오래된 도시가 있는 것을 나는 알고 있었다. 나는 그곳이 이미 오랫동안 그리웠었다. 하지만 그 시간 동안에도 나는 한 번쯤 그쪽으로 가볼 엄두가 전혀 나지 않았다. 그곳에는 내 아름다웠던 청순 시절이 한 조각 남아 있어서, 내가 되돌아간다면 향수가 나를 엄습할 것 같아서였다. 지금 밤의 이 시간은 나에게 좋아 보였다. 나는 숲과 초원을 지나 아름다운 산길을 걸어가다가 잠시 도시의 성문 앞에서 쉬었다. 분수의 물소리에 귀를 기울이다가 그 서늘한 물을 한 모금 들이켰다. 그리고는 아침의 여명이 트기 전에, 그리고 잘 아는 집들이 깊은 잠에서 깨어나기 전에 집에 도착하려고 다시 달려 갔다. 나는 마치 거의 대단한 일을 해낸 것 같았다.

집으로 가는 도중, 지나간 몇 해와 둥근 탑들이 있는 그 오래된 도시를 생각하고, 거기에서 체험했던 것을 생각하노라니 이상한 기분이 들었다. 이야기할 것은 없다. 연애 이야기, 그건 소박하고 아름다웠지만 죄책감에서 벗어날 수는 없었고, 그 그림자가 몇 년 동안 내내 내게 드리워졌었다. 이제 나는 꿈꾸듯 검은 밤의 세계를 지나 내가 사는 마을을 향해, 어두운 호수 너머 언덕길로 걸어갔다. 그리고 서서히 나의 반쯤 깨인 생각들이 계속 이어지면서, 내가 청춘 시절에 앞에서 무릎을 꿇었던 모든 여성들의 모습을 생각했다. 오직 삶의 내면에 이르기 위해, 내 안에서 불분명하게 일어나는 의문의 느낌에 대한 대답을 듣기 위해 그들에게 내가 가장 사랑하는 최고의 것을 바칠 준비가 되어 있었다. 그런데 이 모든 시도들, 처음으로 사랑의 나라러 향해 날아갔던 그것들은 어떻게 끝났던가! 모든 게 제대로 대답도 듣지 못한 채, 모든 게 기쁨도 없고 해결되지도 못한 채 끝났고 대개는 후회와 죄책감을 남겼다!

내 거의 모든 친구들에게도 같은 일이 일어났음을 나

는 알았고, 낯선 사람들에게서도 매일 같이 그런 일들을 보았다. 우리는 나이가 들어 성인 남자가 되면, 머리에서 화환을 내려놓고 안정을 찾는다. 그러나 한 때 우리가 얻으려고 그토록 갈구하며 미로를 헤매었고 우리에게 아침의 광채와 같은 사랑을 선물했던 저 여인들, 저 소녀들은 어찌되었을까? 우리가 그 여인들을 떠나가면 그들은 어떤 느낌일까? 그리고 그들은 풍요로운 청춘 시절의 도도한 꿈이 끝나갈 무렵 마지막 남자에게 허락하며 손을 잡아줄 때 어떤 느낌이 들까? 우리 남자들은 수백 가지 일을 하고, 창조하고, 연구하고, 노동을 하고, 사명과 직업 그리고 창조의 즐거움을 갖는다. ― 그러나 그들, 오직 사랑 속에서만 살고 오직 사랑에만 희망을 걸 수 있는 여인들은 어떻게 될까? 그들이 만난 저 마지막 남자도, 처음 만났던 젊은이들과 수줍으면서도 영리했던 구애자들이 꾸며대고 거짓으로 속여 약속했던 것들의 단 일부분이라도 성취해 주는 일은 얼마나 드문가!

폭풍이 시끄러운 소리를 내며 내 곁을 지나갔고 비와 시든 잎들이 내 얼굴을 때렸다. 앞으로 나아가려고 분투하면서 나는 그러한 탄식들과 작별하고 풀지 못한 수수께끼들은 뒤에 남겼다. 우리 모두가 한 때 소년으로서, 영리하면서도 뻔뻔했던 소년으로서 삶에서 우리의 당연

<아르가우 바덴의 '골트반트' 풍경>

한 권리를 바랐던 것이 생각났다. 그러나 절망스럽게도, 거기에서 실현된 것은 얼마나 적은가! 그런데도 삶은 좋은 것, 아름다운 것이며, 매일 성스러운 힘으로 우리의 마음을 감동시킨다. 어쩌면 그 가련한 여인들에게도 사랑은 그렇게 되어갈 것이다. 그들에게 동화 속 같은 숲과 달빛에 반짝이는 정원에 대해 이야기해주지만, 나중에 가서 그들이 보는 것은 장미꽃 대신 보잘 것 없는 잡초가 자라는 거친 한 조각의 땅인 것이다. 그래도 그들은 그것으로 화환을 만들어 창가에 세워 두고, 저녁에 어둠이 색채들을 지우고 바람이 먼 곳에서 노래하며 불어올 때면, 그들은 그 화환을 쓰다듬으며 미소 짓는다. 그러면 그것이 마치 장미꽃인 듯, 그리고 바깥의 농지는 마치 동화 속의 정원인 듯이 보이는 것이다.

됐다, 충분하다! 등불이 아직도 타고 있는가? 내 젊은 날의 시들은 내일 계속 읽어갈 수 있다. 그때 내 아내도 곁에서 함께 읽을 것이다. 그리고 나에게 다시 그런 의문과 근심이 일어나면, 그녀는 그것에 대해서도 해줄 대답을 알고 있을 것이다.

(1904년)

아이들과 함께 난롯가에서

이제 가을이 왔다.
우리는 난롯가에 앉아서
붉게 빛나며
즐겁게 타오르는 불꽃을 바라본다.

불꽃은 섬광을 내며 춤추고
그러다가 지치면
사라진다, 어둠 속으로,
구름 속으로, 밤과 바람 속으로.

우리는 바라보며 침묵한다.
그러면 우리의 불꽃은 탁탁 소리내며
수천의 섬광이 일다가,
고요한 윤무 속에서
기뻐하다 밤 속으로 사라진다.

늦가을

이제 정원은 모두 비어 있다.
과실은 거둬들였고,
여느 때 그토록 다채롭게 바라보던
늦장미들은 지친 듯 보인다.

그리고 머잖아, 머지않아 나에게도
가을과 겨울이 오리라.
그 많은 날들을 꽃피웠으니,
이제는 수확을 거둬들여라!

그때 나는 빈손으로 서서 더 이상 알지 못하리,
무엇 때문에 내 가슴이 타오르는지.
그 안에 어쩌면 아직도
작은 늦장미가 꽃피울지도.

그것을 꺾어 내 모자에 꽂으니,
갈 길은 더 이상 멀지 않다.

나는 그 작은 열기를 품고
함께 어둠 속으로 간다.

어제 나를 찾아온 낯선 신사

어제 한 낯선 신사가 나를 찾아와 내년이 나의 50회 생신이라는 사실을 주목시켰다. 그래서 그는, 자신이 쓰게 될 축하 기사를 위해 내가 나의 삶에 대한 갖가지 이야기를 들려주었으면 해서 왔다는 것이었다. 나는 이 신사에게, 그가 나를 위해 그토록 애를 써주니 감동적이지만 이야기해 줄 게 아무것도 없다고 말했다. 그리고 그가 나에게 이런 기념일을 상기해주니, 마치 죽어가는 사람에게 고맙게도 낯선 신사가 찾아와 그가 곧 죽으리라는 것을 상기시키고 스탬프가 찍힌 관 제작회사의 카탈로그를 손에 쥐어주는 것 같다고 말했다. 그 낯선 신사를 나는 쫓아버렸지만, 입가에 남은 쓸쓸한 맛은 사라지지 않았다. 가을이다. 시드는 냄새가 나고, 반백의 냄새, 기념일 냄새, 공동묘지의 냄새가 난다.

「가을—자연과 문학」 중에서, 1926년

무상(無常)

생명의 나무에서
잎이 하나씩 떨어진다.
아, 현기증 나는 화려한 세상이여,
어쩌면 이리도 포만하게 하는가.
어쩌면 이리도 포만하여 지치게 하는가.
어쩌면 이리도 취하게 하는가!
오늘 아직 뜨겁게 타오르는 것도
머지않아 사라진다.
머지않아 바람이 스쳐 가리라,
나의 갈색 무덤 위로 소리 내며.
어린 아기 위로
어머니가 몸을 굽힌다.
그 눈을 다시 한 번 보고 싶다.
어머니의 시선은 나의 별.
다른 모든 것은 사라지고 날려가 버려도,
모든 것이 죽어 가도, 기꺼이 죽어 가도,
우리들이 태어난

영원한 어머니만은 남는다.
어머니의 노니는 손가락이 적는다,
덧없는 허공에 우리의 이름을.

시집에 보내는 헌시

I
더 이상 충만함도 없고,
가을이 되니 또한 이미 윤무가 펼쳐진다.
그러나 우리는 침묵하고 싶지 않으니,
일찍이 울렸던 소리가 뒤늦게 울려온다.

II
많은 시구를 나는 썼으나,
남은 것은 적다.
여전히 나의 유희요 꿈이니,
가을바람이 나뭇가지를 흔들고,
수확의 축제 때 다채로운
잎들이 생명의 나무에서 떨어져 나간다.

III
잎들은 나무에서 흩날리고,
노래들은 삶의 꿈으로부터

유희하며 흩어져 사라진다.
우리가 처음 노래한 후로
감미로운 선율들이 사라져갔다.
노래도 역시 죽음을 면치 못하니,
영원히 다시 울리는 것은 없다.
모든 것을 바람은 쓸어가 버린다,
불멸의
덧없는 비유인
꽃과 나비들마저도,

늦가을에 하는 힘든 일

이렇게 늦가을에 매일 같이 전부 읽어야 할 십여 권의 책을 받아야 하는 것도 힘든 일입니다. 게다가 그 일은 전혀 고맙지도 않아서, 도대체 내가 왜 늘 눈에 통증을 단채 과로를 하면서 보내야 하는지 의문이 들지요. 그 일이 아무한테 도움도 되지 못하고 그것으로 뭔가 벌이를 하는 것도 아닌데 말입니다. 일을 대신해 줄 젊은 사람을 한 명 찾고, 지금 하는 일이 얻은 자유를 다시 억압하고 팔아넘기는 것과 같다는 확신이 스스로 서면, 곧바로 나는 그 허접한 일을 내던져 버릴 것입니다. 그러나 우선은 그 정도까지는 아니지요. 나는 대체로 갈증이 너무 많고 내 삶에 대해서도 별로 만족하지 못하고 있습니다. 그래서 많은 여행을 다니면서도 늘 힘든 일이 아편처럼 필요한 것이지요. 그러나 이제 머지않아 나는 책들이 넘쳐 나서, 아마 결코 오랫동안 떠나 있지 못할 것입니다.

「빌헬름 프릭에게 보낸 서한」 중에서 1910년)

1914년 11월

숲은 잎들을 떨어뜨리고,
골짜기에 안개가 무겁게 드리워 있다.
강물은 더 이상 반짝이지 않고,
숲은 더 이상 살랑거리지 않는다.

폭풍이 소리치며 다가와
엷은 갈색 머리카락을 휘날리고,
강한 힘으로
땅에서 안개를 쓸어 낸다.

폭풍은 잎새도 나뭇가지도 그냥 두지 않고,
아무리 좋은 것도 그에게는 가치 없으니,
새는 둥지에서 불안해하고,
농부는 화덕 옆에서 추위에 떤다.

영원히 유지될 수 없는 것은
자리를 비키고 부서져 파편이 되어라.

그리고 밤과 죽음으로부터
밝은 낮을 끌어내 올려라!

친애하는 친구에게!

 귀하의 강연자는 또 다시 한 호텔 방에 누워 있으며, 침대로 미음을 날라 오면 받아먹고 있습니다. 그러나 물론 침대 옆 탁에는 책이 가득 놓여 있고, 다른 탁자도 마찬가지입니다. 여행 가방 안에도 몇 권 들어 있지요. 그것들에게서 다시 기쁨을 느낄 수 있습니다. 전후 시기처럼 그렇게 희망이 없어 보이지는 않으니까요. 영국식의 책 제본에 근접하는 방식도 계속 발전해서, 사람들은 급할 때 외투 주머니에 넣고 다닐 수 있는 두께가 가는 판본을 좋아합니다. 두꺼운 책들을 얇은 인쇄본들로 소화하려고 애쓰는 것이지요. [······] 그런데 몇 년 전부터 책의 제목을 책 안에도 페이지마다 반복해서 인쇄하는 이상한 관습이 생겨났는데, 그 이유가 뭔지 나는 누구 출판업자에게라도 묻고 싶습니다. 혹시 미국에서 온 방식일까요? 그것처럼 무용지물은 없습니다. 확실히, 오늘날 많은 사람들은 책 제목을 일 분 이상 기억에 남겨둘 정도로 충분한 정신적 관심이 더 이상 없습니다. 그러나 이 희망 없는 사람들은 전혀 책을 읽지도 않고 상품을 제조하거나 스포츠에 열중하는 사람들이지요. 그러니 만약 책 출판업자들이 이 가련한 사람들의 정신 속에 저에 대한 주의를 끌게 하려 한다면, 이는 잘못 예측한 것입니다. 책 한 권이라도 정말로 제대로 읽을 생각을 하는 몇몇 사람들이 있다면, 예컨대 그들은 『돈키호테』나 『녹색의 하인리히』*를 읽을 때, 2분에 한 번씩 그 책의 제목이 뭔지 꼭 상기해야 할 필요가 있을까요? [……]

나 자신의 책에 관해 말씀드리자면, 친애하는 친구여, 나는 예나 지금이나 나 자신의 유희 방식을 좋아해서 일년여 전부터 원고를 들고 다니는데, 그것은 나에게는 위나 장보다 훨씬 더 큰 걱정을 안겨주지만 때로는 훨씬 더 기쁨을 주기도 합니다. 그래서 나는 일어나 있고 가을 날씨가 별로 흐르지 않을 때면, 내 물감 상자를 열고 호텔 방의 양치질 컵에 물을 담는 다음에 그림을 그리고 나의 그림 서명을 합니다. 조금은 외롭게 지내고 있습니다. 나의 여자 친구는 극동으로 여행 중인데, 비록 멋진 편지들을 써 보내주지만 ― 단지 그렇게 미음을 먹고 편지를 읽으며 사는 생활, 그것은 오래 지속할 것은 못됩니다.[……]

---

* 『녹색의 하인리히(Der grüne Heinrich)』: 스위스의 작가인 고트프리트 켈러(Gottfried Keller)가 1854년에 쓴 소설.

이제 검은 유니폼을 입은 예쁘장한 여급사가 나에게 빵과자와 들장미를 우려낸 차를 날라다 주고, 내 침대 옆 탁자에서 책들을 치워줍니다. 그리고 보세요, 그녀는 또 뭔가를 가져 옵니다. 그녀는 한 번 더 밖으로 나가더니, 커다란 국화로 만든 화환을 하나 가져 왔습니다. 붉은 자주빛인데, 나에게 주는 것이라고 합니다. 사실, 아픈 사람의 방에 둘 꽃으로는 너무 화려하고 장식적으로 보입니다. 그 꽃들이 제 자리를 찾으려면, 원래 사람이 죽어서 그 침대 위에 놓아두어야 하겠지요. 그것들은 아주 우아하며 꽃 모양은 아주 무거우며 곱슬거립니다. 이제, 여름 꽃은 끝났습니다. 우리는 차를 마시고 자러 가야겠습니다.

(「한 독자에게 보내는 공개 서한」 가운데서, 드레스데너 노이에스테 나흐리히텐」지, 1928년 11월 7일자)

당신의 머리를 내 어깨에 기대세요

당신의 머리를 내 어깨에 기대세요, 내 가련한 뮤즈의 여신이여! 나는 당신의 이마에 서린 이 잔잔하고 우울한 주름이 잘 보입니다. 당신이 고개를 숙일 때 그 피로하고 아픈 듯한 움직임도 잘 보입니다. 또 당신의 하얗고 투명한 관자놀이에 이는 섬세한 혈관의 움직임도 읽을 수 있습니다.

와요, 그냥 울어요! 가을입니다. 멈출 수 없이 사라져가는 청춘을 마지막으로 떨면서 경고해주는 때입니다. 당신도 역시 그것을 내 눈 속에서 읽을 수 있지요. 내 이마와 손에도 그것이 쓰여 있습니다. 당신의 손보다 더 깊숙이. 그리고 내 안에서도 역시 이 흐느끼며 순화시켜주고 슬픈 감정이 외칩니다. 너무 이르다, 그것은 너무 이르다! 라고.

와요, 그냥 울어요! 우리가 계속해서 울 수 있다면, 우리는 아직 끝난 것이 아닙니다. 우리는 우리의 사랑에 대해 질투하는 온갖 근심과 더불어 이 눈물과 슬픔을 간직하려 합니다. 아마도 이 눈물 뒤에는 우리의 보석이, 우

리의 시가, 우리가 기다리는 위대한 노래가 있을 것입니
다.

(「헤르만 라우서의 유작과 시들」 중에서, 1900년)

11월
(1921년)

만물은 이제 몸을 가리고 퇴색하려 한다.
안개 낀 날들이 불안과 근심을 품고 있다.
심한 폭풍의 밤이 지나 아침이 오면 들리는 얼음의 소리.
이별을 슬퍼하고, 세계는 죽음으로 가득 차 있다.

너 역시 죽는 것과 몸을 맡기는 것을 배우라.
죽은 줄 아는 것은 성스러운 지혜이니.
죽음을 준비하라— 그러면 죽음에
끌려가도 너는 더 높은 삶으로 들어가리라!

꽃이 핀 가지

이리 저리 늘
꽃이 핀 가지는 바람 속에서 애쓴다.
늘 되풀이하여
나의 마음은 어린애처럼 애쓴다,
밝고 어두운 날들 사이에서,
소망과 좌절 사이에서.

꽃잎이 시들고
가지가 열매를 맺을 때까지,
마음이 유년시절에 만족하고
안정을 찾아
즐거움에 가득 찬 인생의 쉴 새 없는 유희는
헛된 것이 아니었다고
고백할 때까지.

창가에 비친 하늘과 구름과 별

　그는 일어나 창가로 가서 위를 쳐다보았다. 흘러가는 구름 사이로 어디에나 띠로 이어진 듯 깊고 맑은 밤하늘이 별들로 가득 차 있는 것이 보였다. 그가 바로 자리로 돌아오지 않자 손님도 일어서서 그가 있는 창가로 갔다. 명인은 위를 쳐다보고 선 채, 율동적으로 호흡을 하며 가을밤의 다소 서늘한 공기를 맛보고 있었다. 그는 손으로 하늘을 가리켰다.

　"보게." 그가 말했다. "이 구름들과 띠 모양으로 드러난 하늘을. 처음 볼 때는 저기, 가장 검은 부분이 깊은 곳이라고 생각하겠지만, 그 검고 부드러운 것은 구름에 지나지 않는다는 것을 곧 알게 되지. 그리고 우주의 깊은 공간은 이 구름 산의 끝과 협곡에서 비로소 시작되어 무한 속으로 가라앉는 다는 것을. 거기서 별들이 반짝이고 있네. 엄숙하게, 우리 인간들에게는 명료함과 질서의 최고의 상징으로서 말이네. 세계의 깊이와 그 신비로움은 구름과 어둠이 있는 곳에 있는 것이 아니라, 깊은 것은 맑고 명료한 것 속에 있어. 자네한테 부탁해도 된다면,

자러 가기 전에 잠시 동안 별이 가득한 이 항만이나 해협을 바라보게. 그리고 그때 혹 생각이나 꿈이 떠오르면 그것을 물리치지 말게. [……] 잠자리에 들기 전에 별이 뜬 하늘을 바라보고 귀를 음악으로 가득 채우는 것은, 자네가 먹는 어떤 수면제보다 나을 것이네."

(『유리알 유희』 중에서, 1943년)

안개 속에서

이상하여라, 안개 속을 거니노라면!
수풀마다 돌마다 고독하고,
나무들은 서로를 보지 못하며,
저마다 혼자이다.

나는 세상에 친구가 가득했었다,
내 삶이 아직 빛났을 때는.
이제, 안개가 내리니
더 이상 아무도 보이지 않는다.

참으로, 피할 수 없이 가만히
모든 이로부터 자신을 떼어놓는
어둠을 아는
지혜로운 자는 아무도 없다.

이상하여라, 안개 속을 거니노라면!
삶은 고독한 것이다.

인간은 다른 인간을 알지 못하고
저마다 혼자이다.

방랑길에
– 크눌프 * 를 회상하며

슬퍼하지 마라, 곧 밤이 되리니.
그러면 우리는 창백한 땅 위에
남몰래 웃음 짓는 차가운 달을 바라보며
서로의 손을 잡고 쉬게 되리라.

슬퍼하지 마라. 곧 때가 오리니.
우리는 쉬게 되리라. 우리의 작은 십자가 둘이
환한 길섶에 서 있으면,
비가 오고 눈이 내리고
바람도 불어오고 가리라.

(「길 위에서」 중에서, 1915년)

---

* 크눌프는 원래 헤세가 발표한 서정적 단편집 『크눌프(*Knulp*)』(1915)에 등장
하는 주인공의 이름으로, 그는 평생을 방랑하며 살다가 길 위에서 죽음을 맞이
한다.

이 책에 수록된 헤르만 헤세 수채화

헤르만 헤세의 삶과 작품

독일이 낳은 20세기의 대문호이며 시인이자 노벨상 수상 작가인 헤르만 헤세(Hermann Hesse)는 우리에게 많이 알려져 있고 실제로 우리나라에서 가장 많이 읽히는 독일 작가이기도 하다. 또 그는 독일 작가이면서도 가장 비독일적인 특성을 보여주는 작가이기도 한데, 그 이유는 여러 특성을 동시에 지니고 있기 때문이다.

그는 한편으로는 '독일의 내면성'을 그의 소설들 속에서 가장 잘 표현하고 있어 독일 최후의 낭만주의자로 간주되는가 하면, 또 한편으로는 동양 정신을 많이 알고 거기에 동조해온 작가이며 일반 독일인의 눈으로 볼 때는 아웃사이더이자 비정치적인 작가이기도 했다. 그의 작품들은 전체적으로 그의 자화상이라 할 수 있으니, 여러 편의 소설과 특히 많은 시와 수필을 썼지만 그 어떤 작품도 자신의 체험과 관찰을 토대로 하지 않은 것은 거의 없었다.

헤세는 1877년 7월 2일 독일 남부의 울창한 숲인 슈바르츠발트(흑림)가 있는 슈바벤(Schwaben) 지방의 작은 도시 칼브(Calw)에서 태어났다. 작은 계곡이 있고 자연 경관이 매우 아름다운 이곳은 헤세를 어려서부터 자연 속으로 이끌면서 그의 가슴속에 깊이 자리 잡았다. 그곳의 자연은 유년 시절부터 그에게 꿈과 예리한 관찰력, 그리고 인간과 자연의 근원에 대해 사색하도록 해주었다. 특히 이곳을 소재로 하여 자연과 청춘을 다룬 그의 초기 작품들은 젊은 세대에게 큰 인기를 끌었다. 그리고 훗날 나이가 들어서는 보통 밀짚모자를 쓰고 뜨거운 햇볕이 쪼이는 남쪽 지방을 홀로 배회하면서 소박한 농부나 정원사가 되어, 구름과 안개와 햇빛, 산과 호수와 같은 자연을 끔찍이 사랑하면서 시와 산문을 많이 쓴 서정적인 작가가 되었다.

유년 시절의 헤르만 헤세는 상상력이 풍부했으며 음악을 좋아하고 풀, 나무, 시냇물 등 자연에 애착을 가졌으나 아주 고집이 세고 반항심도 있었다. 그는 부모를 따라 1881년부터 스위스의 바젤(Basel)로 가서 살다가 1886년에 다시 칼브로 돌아왔다. 이처럼 어릴 적부터 독일과 스위스를 넘나들며 살았던 그는 결국 훗날 독일을 떠나 그리 어렵지 않게 스위스에 정착하게 된다. 칼브에 돌아온 후에 헤세의 어머니는 그를 열세 살 때인 1891년 가을에 신학자로 키우기 위해서 마울브론(Maulbronn) 신학교에 보냈다. 그러나 헤세는 열네 살 때인 1892년 3월 어느 날 갑자기 신학교를 탈출했으며, 그 후 다시 학교로 돌아갔으나 정신적으로나 육체적으로 이미 학업을 감당할 수 없을 정도로 지쳐 있어서 신학교를 포기했다. 다시 공부하려는 생각으로 1892년 11월에 칸슈타트(Cannstatt)의 김나지움에 1년간 다녔지만 역시 그곳의 주입식 교육과 규율, 속박을 견디지 못하고 결국 다시 그만두면서 그의 학교 교육은 끝이 났다.

짧은 학창 생활, 특히 마울브론 신학교 생활은 그로 하여금 학교 교육에 대해 몹시 부정적인 생각을 갖게 했다. 근본적으로는 자기주장이 강했던 그는 남보다 일찍 자기만의 길을 찾아가려고 갈구했는데, 그것은 바로 시인이 되려는 것이었다. 그는 훗날 쓴 〈요약한 이력서(Kurzgefaßter Lebenslauf)〉(1925)에서 "내가 열세 살이 되던 해부터 한 가지 사실이 분명해졌다. 그것은 내가 시인이 되든가 그렇지 않으면 아무것도 되고 싶지 않다는 사실이었다."라고 밝혔다. 헤세는 마울브론 신학교에 만족하지 못하고 또 학업을 중단하고 말았지만, 그때의 체험을 나중에 그의 소설 『수레바퀴 밑에서(Unterm Rad)』(1906)에서 아주 잘 묘사하였다. 고향 칼브로 되돌아온 헤세는 그 일에도 만족하지 못해 얼마 후 그 도시에 있는 페로(Perrot) 탑시계 공장에 견습생으로 들어갔으나 약 일 년 동안 일하다가 그만 두고 열아홉 살 때 튀빙겐(Tübingen)시로 가서 서점 점원이 되었다. 거기에서 그는 틈나는 대로 독서할 기회를 얻어 많은 책을 읽었고 자유롭게 마음껏 사색하면서 동양의 문화와 종교에 대한 관심을 가졌다. 헤세의 외가 사람들과 어머니는 이미 인도에서 선교를 하면서 기독교뿐만 아니라 불교와 노자에도 관심을 가졌기에 그 영향으로 헤세도 자연스럽게 여러 나라의 문화와 사상을 접할 수 있었다.

그 후 그는 틈나는 대로 습작을 하여 스물두 살 때 처녀 시집 『낭만적인 노래(Romantische Lieder)』(1898)를 자비로 출판했으나 호응을 얻지 못하다가, 후에 산문집 『자정 뒤의 한 시간(Eine Stunde hinter Mitternacht)』(1899)을 출간하였다. 1901년에 첫 번째 이탈리아 여행(피렌체, 제노바, 피사, 베네치아 등)을 하고 8월부터 바젤의 바텐빌 고서점에서 서적 판매원으로 근무했다. 그 해 가을에 『헤르만 라우셔의 유작(遺作)과 시(Hinterlassene Schriften und Gedichte von Hermann Lauscher)』를 발표했고, 1902년에는 어머니에게 헌정하는 『시집(Gedichte)』을 발표하였다. 이 윽고 스물일곱 살 때인 1904년에 『페터 카멘친트(Peter Camenzind)』를 출판하여 큰 명성을 얻고 본격적으로 작가 생활을 하게 되었다. 풍부한 자연 감정과 서정으로 채색된 이 소설은 시민적이고 우수(憂愁)에 찬 감정을 바탕으로 하는 자전적 소설로, 처음으로 작가로서 그의 이름을 알린 출세작이 되었다. 그 해 그는 이탈리아 여행 중에 알게 된 자유 사진작가이자 피아니스트인 마리아 베르누이(Maria Bernoulli)와 결혼하여 독일 남서부의 보덴(Boden) 호수 근교의 작은 마을 가이엔호펜(Gaienhofen)으로 이주했다. 그녀는 그보다 아홉 살이나 연상이었다.

헤세는 자유 작가로 생활하면서 한편으로 여러 신문과 잡지에 기고도 하고, 그의 주요 장편소설인 『수레바퀴 밑에서』(1906)와 음악가를 소재로 한 소설 『게르트루트(Gertrud)』(1910)를 발표했다. 『수레바퀴 밑에서』는 작가 자신이 신학교 시절에 겪은 괴로운 체험이 반영되어 있는 소설로 규율과 전통에 매인 고루한 시민 사회와 싹터 오르는 소년들의 자유분방함과 창조적인 재능을 짓밟고 의무만 강요하는 비인간적인 교육제도를 비판하였다. 가이엔호펜에서 작품 집필에 열중하던 헤세는 자유분방한 기질이 다시 발동하여 이 생활에 싫증을 느꼈다. 부인

과도 불화가 생기자 그는 1911년 서른네 살에 인도 여행을 떠나기로 결심하고 실론(인도 남쪽의 작은 섬), 수마트라 등지를 방문했으나, 당시 유럽의 식민지로 전락한 동양은 그가 상상하던 것과는 거리가 멀었으므로 이에 환멸을 느낀 그는 곧 귀국해버렸다. 귀국 후인 1912년에는 독일을 떠나 스위스 베른(Bern)에 거처를 정하고 다시 작품 집필에 몰두했다. 그리고 1913년에 동방여행기 『인도에서(Aus Indien)』를 출간하였다. 이후에 그는 연속해서 화가 부부의 파국을 다룬 소설 『로스할데(Rosshalde)』(1914), 신작 시집 『고독자의 음악(Musik des Einsamen)』(1915), 그리고 세 개의 단편으로 이루어진 서정적 단편집 『크눌프(Knulp)』(1915) 및 『청춘은 아름다워라(Schön ist die Jugend)』(1916) 등 청춘문학의 명작들을 발표했다. 특히 『크눌프』에서는 고독한 방랑자의 모습을 빌어 자유와 자연을 사랑하면서 생에 충실하다가 병에 걸리는 주인공이 등장한다. 마지막에는 입원해 있던 병원에서 뛰쳐나와 눈 덮인 산길을 헤매다 피를 토하면서 쓰러진 주인공은 그곳에서 죽어가면서 결국 자연과 신과 세계와 자기의 생과 화해하고 만족한 표정으로 눈을 감는다.

1914년에 제1차 세계대전이 발발하자 헤세는 포로가 된 독일병을 위문하기 위해 자진해서 문고와 신문을 편집하는 등 헌신적으로 일하면서 또 한편으로 반전(反戰) 운동을 벌이기 시작했다. 이에 본국 독일로부터 배신자로 낙인 찍혀 탄압을 받았다. 결국 전시 봉사로 육체적·심적 과로에 지친 그는 부친도 사망하고, 아내의 정신병이 악화된 데다 막내아들 마르틴이 병에 걸리는 등 집안에도 여러 어려운 일이 겹치면서 극도로 신경이 쇠약해졌다. 이에 헤세는 1916년 봄부터 한 달 정도 스위스의 유명한 분석심리학자인 칼 구스타프 융(Carl Gustav Jung)의 제자인 요제프 랑(Josef Bernhard Lang) 박사를 찾아가 심리분석 요법으로 개인적인 치료를 받았다. 심층심리학에 대한 이야기를 나누었고, 또 스스로 그 이론을 연구하여 이를 그의 나중에 그의 대표작이 된 소설 『데미안(Demian)』(1919)에 반영하며 쓰기 시작했다. 그리고 융의 꿈 이론의 영향을 받은 헤세는 또 자신의 꿈속에서 '막스 데미안'이라는 인물을 만나 그를 구체적으로 형상화하면서 소설을 썼다. 세계대전으로 서구 정신과 사상의 한계와 몰락을 체험한 헤세는, 그동안 서구를 지켜왔던 기독교적인 사상과 그 윤리만으로는 부족함을 깨닫고 이때부터 서구 사상의 독단에서 벗어나 다른 해결의 길을 모색한다. 그것이 바로 '내면으로의 길'이며 헤세는 이 과정을 융의 정신분석 이론이 보여준 동양 사상과의 접목을 통해서 찾아가게 된다.

제1차 세계대전이 막바지에 이른 무렵인 1917년, 헤세는 안팎의 동요가 격심하던 시기에 조국 독일이 아닌 스위스 베른에서 살았다. 거기서 자신이 시련과 고뇌 속에서 깨달은 내면으로의 길을 가기 위해 창작에만 열중하여 9월과 10월 두 달 동안 집중해서 소설『데미안』을 집필하여 전쟁이 끝난 후에 '에밀 싱클레어'란 익명으로 발표했다. 자기 탐구의 길을 개척한 이 작품에서는 주인공이 이를 극복하고 청년으로 성장해가는 모습을 그리고 있다. 이 소설은 제1차 세계대전 직후 패전으로 말미암아 혼란에 빠져 있던 독일의 청년들에게 깊은 감명을 주었으며 문학계에도 큰 반향을 불러일으켰다. 헤세는 당시 전후에 정신적·육체적으로 피폐해진 나머지 나아갈 방향을 잃고 혼란스러워하는 독일 젊은이들에게 주인공 데미안을 통해 형상적으로 삶의 방법을 제시하려고 했다.

1919년에는 단편소설집『작은 정원(Kleiner Garten)』과『동화집(Märchen)』을 출간하였다. 그는 아내와 아이들을 두고 베른에서 테신(Tessin) 주(州)의 몬타뇰라(Montagnola)로 혼자 이주하여 카사 카무치(Casa Camuzzi) 별장에서 살기 시작하면서, 1920년에 단편집『클링조어의 마지막 여름(Klingsors letzter Sommer)』을 출판하고 수채화를 곁들인

여행소설 『방랑(Wanderung)』을 발표하였다. 1921년에는
『시 선집(Ausgewählte Gedichte)』을 출간하고 또 『테신에서
그린 수채화 11편(Elf Aquarelle aus dem Tessin)』을 발표하였
다. 뒤이어 나온 소설 『싯다르타(Siddhartha)』(1922)에서는
한 걸음 더 나아가 인도의 불교 세계에서 자아의 절대 경
지를 탐구하는 과정을 그리고자 했다. 『싯다르타』는 헤
르만 헤세가 초기의 몽상적 경향을 탈피하고 소설의 무
대를 본격적으로 동양으로 옮겨 내면의 길을 탐색한 작
품이다. 이처럼 헤세는 여느 독일 작가와는 다르게 동양
과 서양을 서로 배격하지 않고 하나로 보면서 그 안에서
적극적으로 해답을 찾으려 한 작가였으므로 우리 같은
동양의 독자들에게서 많은 공감을 사고 있는 것이다.

　헤세는 1923년에 영원히 스위스 국적을 얻은 후에 아
내와 이혼하자마자 스위스 여성과 결혼했으나 얼마 안
가 또 헤어지면서 정신적·육체적으로 매우 힘든 시간을
보냈다. 그는 여전히 자신의 내면에서 겪고 있던 고통과
좌절에 대한 감정을 소설 『황야의 이리(Der Steppenwolf)』
(1927)에서 묘사했다. 이어서 신학자로서 지성의 세계에
사는 나르치스와 여성을 알고 애욕에 눈이 어두워져 방
황하는 골드문트의 우정의 과정을 다룬 『나르치스와 골
드문트(Narziß und Goldmund)』(1930)를 출판했는데, 이 소

설은 헤르만 헤세에게 다시 한 번 큰 명성을 가져다주었다. 1931년에 그는 만년의 대작이 되는 장편소설 『유리알 유희(Das Glasperlenspiel)』의 집필을 시작하였다. 그리고 체로노비츠 출신의 니논 돌빈(Ninon Dolbin, 1895~1966)과 세 번째 결혼을 했고, 화가 친구인 한스 C. 보드머(Hans Bjodmer)가 지어 평생토록 살게 해준 몬타뇰라의 새 집으로 그녀와 함께 이사하였다. 그는 1932년에는 『동방순례(Die Morgenlandfahrt)』를 출간했고, 1933년에 단편집 『작은 세계(Kleine Welt)』를 발표하였다. 특히 몬타뇰라(Montagnola)의 새집에서 산 이후에는 많은 시들을 썼는데, 1934년에 시선집 『생명의 나무에 대하여(Vom Baum des Lebens)』를, 1936년에는 전원시집 『정원에서 보낸 시간들(Stunden im Garten)』을 발표하였다. 그리고 1937년에는 『회고록(Gedenkblätter)』과 『신 시집(Neue Gedichte)』을 발표하였다. 독일에서 나치스 정권이 집권한 이후부터는 그 탄압으로 독일 내에서 헤세의 작품들이 몰수되고 출판이 금지되었으므로 그의 작품들은 스위스 취리히에서 출판되었다. 1943년에 만년의 대작인 『유리알 유희』가 취리히에서 출간되었다. 20세기의 문명 비판서라 할 수 있는 이 소설로 헤세는 작가로서의 명성을 확고하게 다졌다. 1944년에는 독일 비밀경찰이 헤세 작품을 독일에서 출판하던 출판업자 페터 주어캄프(Peter Suhrkamp)를 체포하였다. 그러나 헤세는 이에 굴하지 않고 이듬해인 1945년에 단편들과 동화 모음집인 『꿈의 여행(Traumfährte)』이 취리히에서 출간하였다. 독일이 제1차, 제2차 세계대전을 치르던 가장 어려운 시기에 작품활동을 한 헤세는 양면적 고뇌를 겪으면서 독일의 상황에서 벗어나 자연에 침잠하여 조화와 이상을 추구했다. 깊은 통찰력과 감미로운 서정적인 필치로 그는 전쟁에 의해 몰락해 가던 독일과 유럽 문명에 동양 세계와 자연 세계로의 접근을 통해 새로운 희망과 생명을 부여하려고 끊임없이 노력했던 작가였다.

제2차 세계대전이 끝나자 1946년부터 헤세는 다시 독일에서 책이 출판되었고, 독일 프랑크푸르트(Frankfurt)시(市)가 주는 괴테 문학상을 수상했으며 이해 11월 14일에는 노벨문학상을 수상하였다. 이후에도 그는 작품활동을 계속해 1951년에는 『후기 산문집(Späte Prosa)』과 『서간집(Briefe)』을 발표하였고, 계속 알프스 산간 마을 몬타뇰라에 칩거하여 스스로 경작하고 영원한 은둔주의자와 방랑자로 살면서 전원시 등 많은 작품을 계속해서 썼다. 그리고 나이가 들어가면서 점점 더 서정적으로 변하여 챙이 큰 둥근 밀짚모자를 쓰고 호미와 바구니를 든 소박한 정원사, 또는 흰 구름과 안개와 저녁노을, 산과 호수를 좋아했던 시인, 그리고 동양의 정신을 이해하고 거기에 심취했던 인물로서 세계 어느 작가보다도 우리에게 친숙하고 잘 알려진 작가가 되었다. 이처럼 서정성이 짙은 작가이면서도 또 한편으로 문명에 찌든 독일인들에게 낯설면서도 동경을 불러일으키는 동양적인 세계를 묘사하여 독일의 많은 청소년들에게 여행과 방랑과 모험, 자연에 대한 향수를 일으켰던 그의 작품들은 많은 독일인들뿐만 아니라 우리 같은 동양인들에게도 끊임없이 읽히고 사랑을 받아왔다.

헤세는 마침내 여든다섯 살이 된 1962년에 몬타뇰라의 명예시민이 되었으나, 그해 8월 9일 뇌출혈로 몬타뇰라에서 아침에 세상을 떠나 이틀 후에 성 아본디오(St. Abbondio) 교회 묘지에 안장되었다. 아내 니논 헤세는 12월 8일에 베른에 있는 스위스국립도서관을 방문하여 헤르만 헤세의 유고집을 그곳에 보관하기 위한 의논을 하였다. 헤세는 사후에도 작가로서의 명성을 계속 유지하였으며 특히 1970년대부터 그의 인기는 오늘날 독일을 넘어서서 전 세계로 퍼져 나가 오늘날까지 계속되고 있다.

이번에 출간하게 된 헤세의 시집이자 산문집인 『봄』, 『여름』, 『가을』, 『겨울』은 위에서 소개한 헤세의 여러 시집과 산문집, 소설 등에서 각각의 계절과 관련되고 그의 자연관을 잘 표현해 주는 내용들을 선정하여 엮는 것이다. 헤세는 스위스의 산골 마을에서 생활하는 동안 작품을 쓰고 정원을 가꾸고 하는 일 외에도 취미와 심리적 병 치료를 위해 많은 수채화를 그렸는데, 그 작품들 가운데 일부도 여기에 함께 실었다. 우리는 앞서 헤세의 삶과 작품들에 대해 간략하게 살펴보았듯이, 그의 삶이 결코 평탄하지 않았으며 평생 현실과 이상 사이에서 갈등을 겪고 많은 고통을 겪었다는 것을 알 수 있다. 그럼에도 불구하고 그는 '자연'을 잊지 않고 고난에 처할 때마다 자연으로 돌아가서 거기에서 해답을 찾으려고 끊임없이 노력한 덕분에, 결국 마음과 몸의 병을 치유하고 자연 속에서 평화를 느끼면서 살고 또 작가로서도 성공을 거둘 수 있었다. 우리는 여기에 실린 그의 잔잔하고 포근한 시와 산문들을 읽으면서 헤세의 인생관과 자연관, 예술관, 그리고 인품을 충분히 느낄 수 있을 것이다. 그리고 그가 우리에게 전달하려고 애썼듯이, 우리가 삶 속에서 느끼는 모든 고통과 절망은 결국 자연을 바라보고 이해하고 거기에 우리의 마음을 두었을 때, 우리의 삶에 대한 해답을 찾게 되고 고통을 벗어나 의연해지고 평화로워질 수 있다는 것을 알게 될 것이다.

이제 독자분들께서는 마음의 여유를 갖고 헤세의 시와 산문집『봄』을 시작으로『여름』,『가을』,『겨울』을 차례로 읽으면서 헤세가 절묘하게 묘사한 각 계절의 느낌을 함께 느껴갈 수 있기를 바란다.

2017년 봄, 두행숙

Herbst

헤르만 헤세, **가을**

지은이 | 헤르만 헤세
옮긴이 | 두행숙

펴낸곳 | 마인드큐브
펴낸이 | 이상용
책임편집 | 홍원규

출판등록 | 제2018-000063호
이메일 | viewpoint300@naver.com
전화 | 031-945-8046
팩스 | 031-945-8047

초판 1쇄 발행 | 2017년 9월 25일
개정판 1쇄 발행 | 2024년 8월 1일

ISBN | 979-11-88434-81-7 (03850)